「创造最有价值的阅读」

"阅读力"指导专家委员会

顾　问： 朱永新

主　任： 曹文轩

成　员：（以姓氏笔画为序）

王土荣	方卫平	朱芒芒	刘克强	杜德林
何立新	张伟忠	张祖庆	周其星	周益民
胡　勤	顾之川	倪文尖	黄华伟	梅子涵
章新其	蒋红森	滕春友		

丛书主编： 曹文轩

本书编写人员： 邱明峰

丛书统筹： 王晓乐

丛书统筹助理： 罗敏波

名著阅读力养成丛书

徐志摩诗选

◆ 徐志摩 著

图书在版编目(CIP)数据

徐志摩诗选 / 徐志摩著. —杭州：浙江文艺出版社，2021.1
(名著阅读力养成丛书)
ISBN 978-7-5339-6301-9

Ⅰ.①徐… Ⅱ.①徐… Ⅲ.①诗集—中国—现代 Ⅳ.①I226

中国版本图书馆CIP数据核字(2020)第215969号

责任编辑　张　雯
责任校对　许红梅
责任印制　张丽敏
装帧设计　吕翡翠
营销编辑　张恩慧

徐志摩诗选

徐志摩　著

出版发行	浙江文艺出版社
地　　址	杭州市体育场路347号
邮　　编	310006
电　　话	0571-85176953（总编办）
	0571-85152727（市场部）
制　　版	杭州天一图文制作有限公司
印　　刷	浙江超能印业有限公司
开　　本	710毫米×1000毫米　1/16
字　　数	81千字
印　　张	12
插　　页	2
版　　次	2021年1月第1版
印　　次	2021年1月第1次印刷
书　　号	ISBN 978-7-5339-6301-9
定　　价	36.00元

版权所有　侵权必究
(如有印装质量问题,影响阅读,请与市场部联系调换)

出版说明

阅读不仅关乎个人的素养和语文教育的水平，也关乎整个社会的风尚和文明的品质。从2016年9月起，全国中小学陆续启用了教育部统编语文教材。统编教材特别重视阅读，加强了阅读设计，鼓励学生通过大量阅读来提升语文素养，提高阅读能力和阅读水平。语文学习要建立在广泛的课外阅读的基础上，已经成为越来越多的人的共识。

我社以文学立社，出名著，出精品，几十年来在古典文学、现当代文学、外国文学、儿童文学等领域积累了大量的资源和优秀的版本。从2003年起就陆续推出"语文新课标必读丛书"，为中小学生的名著阅读助力，深受欢迎。随着统编语文教材的使用，我社面向师生做了大量的教材使用调研，多次邀请并集聚读书界、语文教育界、文学界、出版界等领域的专家把脉会诊，群策群力，为中小学生和老师们精心策划、精心编辑，推出了这套"名著阅读力养成丛书"。

这套丛书收录中小学语文课程标准和统编语文教材推荐阅读书目，不仅收录小学"快乐读书吧"和初中"名著导读"中推荐阅读书目，而且配合"1+X"群文阅读设计，收录课文后要求阅读的作家作品，共计百余种，基本满足中小学生的阅读需要。

该丛书由曹文轩先生担纲主编，延请一线教学名师，对入选的每一部作品编写有针对性的阅读指导方案，介绍作家作品和创作特色，提出合理的阅读建议，引导学生进行专题探究，有意识地拓展学生的阅读视野，有选择性地提供阅读检测与评估办法。这样，有步骤地引领学生完成整本书阅读，了解文学、科普等不同类别作品的阅读方法，了解小说、散文、诗歌、戏剧等不同文体的特征，切实有效地提高学生的阅读水平和阅读能力，同时也给老师的教学实践提供一种参照与借鉴。可以说，这套书不仅强调要读什么，更强调应该怎么读。

该丛书在版本选用上精益求精，精挑细选经典权威版本，囊括一批资深翻译家的经典译本，如傅雷译《名人传》《欧也妮·葛朗台》、力冈译《猎人笔记》、卞之琳译《哈姆雷特》等。对于名家选本，追求代表性，或由该领域权威研究者编选，或由作家自己编选。由于"五四"白话文运动的发轫与推进，中国现代文学作品在语体上有着鲜明的用语特色，我们在编校中参阅相关文献对少量字词和标点做了适当的修改，尽可能地保留作品的原貌。

该丛书在设计上充分考虑阅读的舒适感和青少年的用眼卫生，尽可能地采用大号字体、米黄纸张，做到版面疏密有致、图书轻重得宜等。所有这些，旨在推出一套真正面向学生、服务学生的青少年版丛书。

培根说："读书足以怡情，足以傅彩，足以长才。"经典名著的影响力是不可估量的，一本好书能够让一个人终身受益。让我们种下阅读的种子，学会阅读，爱上阅读，在阅读中唤起灵性和兴味；让我们在多姿多彩的阅读的花园里，去领略丰美而自由的天地！

浙江文艺出版社

总 序

曹文轩

"新课标"以及根据"新课标"编定的国家统一中小学语文教材，有一个重要的理念：语文学习必须建立在广泛的课外阅读基础之上。

语文学科与其他学科的重要区别是：其他一些学科的学习有可能在课堂上就得以完成，而对于语文学科来说，课堂学习只不过是其中的一部分，甚至不是最重要的一部分；语文学习的完成须有广泛而有深度的课外阅读做保证——如果没有这一保证，语文学习就不可能实现既定目标。我在有关语文教育和语文教学的各种场合，曾不止一次地说过：课堂并非是语文教学的唯一所在，语文课堂的空间并非只是教室；语文课本是一座山头，若要攻克这座山头，就必须调集其他山头的力量。而这里所说的其他山头，就是指广泛的课外阅读。一本一本书就是一座一座山头，这些山头屯兵百万，只有调集这些力量，语文课本这座山头才可被攻克。一旦涉及语文，语文老师眼前的情景永远应当是：一本语文课本，是由若干其他书重重包围着的。一个语文老师倘若只是看到一本语文教材，以为这本语文教材就是语文教学的全部，那么，要让学生从真正意义上学好语文，几乎是没有希望的。有些很有经验的语文老师往往采取一种看似有点极端的做法，用很短的时间一气完成一本语文教材的教学，而将其余时间交给学生，全部用于课外阅读，大概也就是基于这一理念。

　　关于这一点，经过这些年的教学实践，加之深入的理性论证，语文界已经基本形成共识。现在的问题是：这所谓的课外阅读，究竟阅读什么样的书？又怎样进行阅读？在形成"语文学习必须建立在广泛的课外阅读基础之上"这一共识之后，摆在语文教育专家、语文教师和学生面前的却是这样一个让人感到十分困惑的问题。

　　有关部门，只能确定基本的阅读方向，大致划定一个阅读框架，对阅读何种作品给出一个关于品质的界定，却是无法细化，开出一份地道的足可以供一个学生大量阅读的大书单来的。若要拿出这样一份大书单，使学生有足够的选择空间，既可以让他们阅读到最值得阅读的作品，又可避免因阅读的高度雷同化而导致知识和思维高度雷同化现象的发生，则需要动用读书界、语文教育界、文学界、出版界等领域和行业的联合力量。一向有着清晰领先的思维、宏大而又科学的出版理念，并有强大行动力的浙江文艺出版社，成功地组织了各领域的力量，在一份本就经过时间考验的书单基础上，邀请一流的专家学者、作家、有丰富教学经验的语文老师、阅读推广人，根据"新课标"所确定的阅读任务、阅读方向和阅读梯度，给出了一份高水准的阅读书单，并已开始按照这一书单有步骤地出版。

　　这些年，我们国家上上下下沉思阅读与国家民族强盛之关系，国家将阅读的意义上升到从未有过的高度，无数具有高度责任感的阅读推广人四处奔走游说，并引领人们如何阅读，有关阅读的重大意义已日益深入人心。事实上，广大中小学的课外阅读已经形成气候,并开始常态化,所谓"书香校园"已比比皆是。现在的问题是:阅读虽然蔚然成风,但阅读生态却并不理想,甚至很不理想。这个被商业化浪潮反复冲击的世界,阅读自然也难以幸免。那些纯粹出于商业目的的写作、阅读推广以及和各种利益直接挂钩的某些机构的阅读书目推荐,造成了阅读的极大混乱。许多中小学生手头上阅读的图书质量低下,阅读精力的投放与阅读收益严重不成比例。更严重的情况是,一些学生因为阅读了这些质量低下的图书,导致了天然语感被破坏,语文能力非但没有得到提高,还不断下降。如果这种情况大面积发生,我们还在毫无反思、毫无警觉地泛泛谈课外阅读对语文学习之意义,就可能事与愿违了。现实迫切需要有一份质量上乘、定位精准、真正能够匹配语文教材的阅读书目以及这些图书的高质量出版。

我们必须回到"经典"这个概念上来。

我们可能首先要回答"经典"这个词从何而来。

人们发现,这个世界上的书越来越多了,特别是到了今天,图书出版的门槛大大降低,加之出版在技术上的高度现代化,一本书的出版与竹简时代、活字印刷时代的所谓出版相比,其容易程度简直无法形容。书的汪洋大海正席卷这个星球。然而,人们很清楚地看到一个根本无法回避的事实,那就是:每一个人的生命长度都是有限的,我们根本不可能去阅读所有的图书。于是一个问题很久之前就被提出来了:怎么样才能在有限的生命过程中读到最值得读的书?人们聪明地想到了一个办法:将一些人——一些读书种子——养起来,让他们专门读书,让读书成为他们的事业和职业,然后由"苦读"的他们转身告诉普通的阅读大众,何为值得将宝贵的生命投入于此的上等图书,何为不值得将生命浪费于此的末流图书或是品质恶劣的图书。通过一代一代人漫长而辛劳的摸索，我们终于把握了那些优秀文字的基本品质。这些被认定的图书又经过时间之流的反复洗涤，穿越岁月的风尘，非但没有留下被岁月腐蚀的痕迹，反而越发光彩、青春焕发。于是，我们称它们为"经典"。

阅读经典是人类找到的一种科学的阅读途径。阅读经典免去了我们生命的虚耗和损伤。我们可以通过对这些图书的阅读，让我们的生命得以充实和扩张。我们在这些文字中逐渐确立了正当的道义观，潜移默化之中培养了高雅的审美情趣，字里行间悲悯情怀的熏陶，使我们不断走向文明，我们的创造力因知识的积累而获得了足够的动力，并因为这些知识的正确性，从而保证了创造力都用在人类的福祉上。阅读这些经典所获得的好处，根本无法说尽。而对于广大的中小学生来说，阅读经典无疑也是提高他们语文能力的明智选择。

这套书，也许不是所有篇章都堪称经典，但它们至少称得上名著，都具有经典性。

2018 年 7 月 15 日于北京大学

点击名著

◎ **追梦人：在梦中依洄，在梦中迷醉**

徐志摩，原名章垿，字槱森，浙江海宁硖石人。他是20世纪初中国杰出的诗人、散文家，新月诗派的巨擘。若要加些定语，浪漫多情、活力充沛、才华横溢、文笔洒脱、天马行空……太多的词汇可以形容他。

他是一个在《再别康桥》中"撑一支长篙，向青草更青处漫溯"的"寻梦"者；他是一个在《"我不知道风是在哪一个方向吹"》中"在梦的轻波里依洄"的"醉梦"者；他是一个在《云游》中"翩翩的在空际云游"的自在轻盈的"逍遥"者；他也是一个在《雪花的快乐》里"翩翩的在半空里潇洒"而又"认清我的方向"的"飞扬"者……"爱、自由、美"便是徐志摩短短一生的梦，他的一生就在这个梦中追逐和徜徉。有人将徐志摩比作中国的雪莱，浪漫热情而满怀理想，雪莱爱海而死于海，徐志摩想飞而逝于天。林徽因在《悼志摩》中说："志摩的最动人的特点，是他那不可信的纯净的天真，对他的理想的愚诚，对艺术欣赏的认真，体会情感的切实，全是难能可贵到极点。"

◎ **志摩的诗："痴鸟"的绝唱**

徐志摩笔端的情感世界也即他的诗歌是历久弥新的，在现代文学史上绝对占有重要的一席之位。他对新诗形式的革新与格局的开创，有着非凡的贡献。他短短的一生，留下了《志摩的诗》《翡冷翠的一夜》《猛虎集》《云游》四本诗集，其中有许多传世之作，本书收了他诗集中的诸多精彩作品。

徐志摩在他的诗歌王国中描绘着理想蓝图，勾画着美好世界，尽情地表达着对理想的矢志追求，表达着对自然与爱情的永恒热爱。他手指拂过生活与艺术，眼波流转于自然与世情，把自己的情感与灵魂注入诗篇，让清新和浪漫在纸间流淌，让爱与美在文字中形成动听的交响。那康河畔的"金柳""云彩"和"一船星辉"，那沪杭车中的"一卷烟""一道水""一林松"，那沙扬娜拉时的"一低头的温柔"，那翡冷翠的一夜中"多情的殷勤的萤火"……都是那么的轻灵飘逸，那么的流丽动人，清雅疏淡却又至情至性，那正是志摩化为"痴鸟"一次次的绝唱。他在《猛虎集》序文中这样写道："诗人也是一种痴鸟，他把他的柔软的心窝紧抵着蔷薇的花刺，口里不住地唱着星月的光辉与人类的希望，非到他的心血滴出来把白花染成大红他不住口。他的痛苦与快乐是浑成的一片。"

◎ 志摩的诗："有情感的热烘烘的曼妙的音乐"

徐志摩才情过人，他一生只有短短的十年创作生涯，却为文坛留下了璀璨的星光。蔡元培先生说他"谈话是诗，举动是诗，毕生行径都是诗"。他的诗清新活泼，韵律谐和，比喻新奇，想象丰富，神思飘逸，意境优美，缠绵悱恻而不伤情，热情奔放而不滥情。他的很多作品至今都是非常经典的存在，就像《再别康桥》《偶然》等被许多人一直吟诵着。

充满诗情的徐志摩，是"跳着溅着不舍昼夜的一道生命水"，读他的诗，会"让你觉着世上一切都是活泼的、鲜明的"（朱自清语）。

梁实秋评价徐志摩的诗："志摩的诗之异于他人者，在于他的丰富的情感之中带着一股不可抵抗的'媚'。这妩媚，不可形容，你不会觉不到，它直诉诸你的灵府。……他把全副精神都注入了一行行的诗句里……他的诗不是冷冰冰的雕过的大理石，是有情感的热烘烘的曼妙的音乐。"

胡适说："他（徐志摩）的人生观真是一种'单纯信仰'，这里面只有三个大字：一个是爱，一个是自由，一个是美。"

徐志摩一生似乎只为写诗来。而于我们,志摩之诗,一生至少要读一次。

阅读建议

◎ **以审美之心去读志摩之诗**

现今时代,我们已不再是"文盲",但是不是"美盲"呢?很难说。诗歌是文字的艺术,它需要我们带着审美之心去阅读,同样在诗歌的阅读中又会丰富我们的审美体验,让我们的心灵诗化、美化。诗歌艺术犹如甘露,可以润泽和丰盈我们的心灵,可以使我们增强对语言文字和世间的真、善、美的感知和感悟能力,从而丰富自己的语言与情思。

那么怎么读呢?钱理群在《用文学经典滋养下一代》中指出:"要用'心'去读,即主体投入地感性地阅读:以你之心与作者之心、作品人物之心相会、交流、撞击,设身处地去感受、体验他们的境遇,真实的欢乐与痛苦,用自己的想象去补充、发展作品提供的艺术空间,品味作品的意境,思考作品的意义。"

徐志摩是新月派的重要诗人,对闻一多"音乐美、绘画美、建筑美"的"三美"理论做着努力的尝试和实践。他比较注重形式的优美,对语言艺术有着特殊的偏好,但他更注重用冷静又激情的头脑思索如何用语言来抒写真实的生活,表达灵动而洒脱的感触和情怀。以《再别康桥》为例,首尾两节诗运用的意象是"云彩",但所复现的画面稍有不同,更增韵致,在这样的回旋中,诗中情感高潮在"轻轻""悄悄"的节奏中缓缓而至,将那种难以言状的惜别之情产生余音绕梁、回荡不息的效果,也勾起我们对于别离之个性感触。我们读志摩的诗,要注意他对于意象的选择、对于"三美"理论的践行,并通过知人论世、联想与想象等,慢慢品读其味。我们可以通过"意象选择""语言运用""韵律节奏""结构安排"等进行整本书的主题阅读，在徐志摩的诗歌品读和探究中形成自己独特的审美体验，并与诗中的情感产生共鸣，从而转化成自己的情感内存。

◎ 以诗意触碰志摩之诗意

要养成撰写读诗批注的习惯，阅读诗歌作品可以多多进行圈画、批注评点。诗歌的批注评点方式有很多，可以是字词、意象的阐释和诗意的概括，可以是艺术特色的赏析，可以是自己的联想和想象，可以是比较对读（和徐志摩的诗歌或者其他诗人的相似题材的作品进行比较），也可以和诗人进行对话……具体操作的时候，可以尝试从自己最喜欢的诗或者最有名的诗（比如《再别康桥》《偶然》《雪花的快乐》《"我不知道风是在哪一个方向吹"》等）做起，从多个角度去表达自己的感受，发表自己的见解，然后慢慢由少及多，由粗到精，由一般的表达到诗意的表达。

要尝试用诗意触碰诗意，就如朱光潜先生在《谈美》中所说的："读诗就是再做诗。"这句话看似很简单，其实却道出了现代诗品读的真谛。比如徐志摩是一个酷爱自然的诗人，他喜欢亲近大自然，他对自然中的山川、草木和鸟兽，甚至是周遭的一切都细致观察，从中获得灵感和感悟，我们可以读他的《朝雾里的小草花》《春的投生》《两个月亮》《黄鹂》等诗，读完其中一首诗，尽可能做到读写结合，双管齐下，可以用散文的笔法转写，表达你对这首诗的理解，也可以用一首诗表达你对同一个自然对象的观察和自己的独特感受。这样，现代诗的大门就容易打开，不仅可以丰富自己的语言表达，而且还可以获得更深入的体验，看到更广阔的天地。

◎ 以个性化视角读解志摩之诗艺

诗歌的整本书阅读可以进行一些个性化主题阅读。我们可以在立体的、多维的大语文生活中，调动自己所学知识和生活经验，产生思想的交锋和碰撞，从而丰富知识，放飞心灵，启迪智慧。

　　徐志摩的诗歌以其独有的诗味至今仍然深受大家的喜欢，人们一直在寻找着其中深层的原因，也在探索着徐志摩诗艺的独特性。徐志摩讲求诗歌语言的华丽和色彩感，在诗歌意象的运用和组接中给人如同电影般视觉上美的享受，那么我们是不是可以从电影蒙太奇这一个性化的视角去审视和解读徐诗呢？在文学艺术的百花园中，艺术门类多姿多彩，且共融共通。比如徐诗中经常将他在大自然捕捉到的意象通过蒙太奇加以并列组接，产生一种隐喻的效果，新鲜而又淋漓尽致地表现特有的情感。我们以《朝雾里的小草花》一诗为例，诗中运用了"野花"和"花蛾"两个意象，给予了两个特写镜头：一个是小玲珑的野花上含着露珠，一个是一只花蛾在黑夜里飞翔。然后诗人将镜头推向满感惆怅在蔓草丛中过路的主人公"我"。这样一种隐喻式的蒙太奇组接，使诗歌骤显别致生动，诗中所传达的意义也就自然而然显现出来：人生短暂，要不断追求光明，追求美好。我们如果从积累式、复现式、对比式、隐喻式和思维式等语言蒙太奇视角审视徐志摩诗歌，会别样地发现徐志摩在诗歌中组合自身生活和艺术体验的方式，进一步了解徐诗重视的并不只是语言形式，而在于通过类似于蒙太奇的思维在其独特诗艺营造的话语空间中真诚而自由地抒写，创造完美的情感逻辑。

知识和能力

◎ 新月派

　　新月派是二十世纪二三十年代一个影响颇大的重要诗派。"新月社"成立于1923年，"新月"二字来源于泰戈尔的《新月集》，他们的诗风受泰戈尔的影响较大。后以《晨报副刊·诗镌》为阵地，宣称"要把创格的新诗当一件认真事情做"，在1928年3月创办了《新月》月刊。他们中间有闻一多、徐志摩等一大批有才华、有成就的诗人，以提倡格律诗而独树一帜，影响深远，形成了现代诗史上一个重要的诗歌流派，人称"新月派"或"新格律诗派"。

◎ 诗歌"三美"

"新月派"反对过于欧化的句式以及不加节制地直抒胸臆的方式，努力推行新诗格律化运动，注重灵魂的表达、美的诠释。闻一多提出了新诗的三个美学标准：音乐美、绘画美、建筑美。"三美"主要指的是：注重音节和韵脚的和谐，追求诗歌的韵律感；注重辞藻和色彩的丰富，讲究诗的视觉形象和直观性；注重诗歌的整体外形，讲究节与节的匀称和行与行的整齐。这"三美"的主张奠定了新格律诗派的理论基础，在一定程度上克服并纠正了五四运动以来白话新诗过于松散、随意等不足，对中国现代新诗的健康发展做出了特有的贡献。

◎ 徐志摩的诗歌：情思的诗艺化

闻一多被推崇为新格律诗派的理论奠基者，徐志摩则被认为是"三美"新诗理论的艺术践行者，他的诗也被奉为抒情新诗之圭臬。但有人说，徐志摩的诗歌太注重于表现形式。这就未免评价过激了。其实，读徐志摩的诗歌，需要细细品味。徐志摩确实是非常注重音节、辞藻和结构等，但他往往会从诗歌情感表达需求出发，去寻求相吻合的音节，从而达到音节的变化与情感的起伏之间的巧妙融合，所以让人读后感受到一种内在的律动。徐志摩曾用人的身体来作喻，他提及："一首诗的字句是身体的外形，音节是血脉，'诗感'或原动的诗意是心脏的跳动，有了它才有血脉的流转。"诗歌的生命很重要的是在于内在的律动，而能做到内在和外在的和谐统一是一个诗人的匠心所在。我们在读徐志摩的诗歌时，可以去分析他的表现形式，但千万不能忽视内在的情韵，这样才能体味诗趣，才能产生余音。

专题探究

◎ 专题一：意象探究

徐志摩的诗歌散发出一种自然的"生命水"般的活力，他经常会选择自然界的意象入他的诗歌，种类多样，但是他也会偏好一些意象，多次在诗歌中使用，比如"星""月"等，这往往和诗人的审美喜好、思想情感和艺术追求有关。"星""月"也是中外文人墨客都很喜欢使用的意象，那么徐志摩作为深受中西两种文化熏陶的诗人，他又为它们注入了怎样新的生命与活力呢？

请选择"星"或者"月"其中一个意象结合作者的相关诗歌进行探究。

◎ 专题二：变奏随想

变奏是音乐领域的一个专有名词，就是将一个主题作变化的重复。对作曲家来说，变奏曲是一种能够表现想象力的体裁，他要在一个有限的主题上去进行变化和发展，从而使这个主题的潜藏素质和内涵不断得到发扬，展现出新鲜的意趣，这可以说是在有限情境中追求无限的自由。

徐志摩的诗歌总会给人丰富的画面感和情思，请在这本诗选中选择你最喜欢的作品，抓住诗中主要的意象以及你读解到的情感，展开想象的翅膀，采用变奏的方式写自己的随想，与作品、作者对话，徜徉于语言与精神同构共生的至美境界。（注：可以"变奏"为散文、现代诗、古典诗甚至小说，有能力的同学还可以形成自己的随想集。）

◎ 专题三：蒙太奇思维

蒙太奇是电影中常用的术语，表示镜头的剪接。而现代诗的语言特点、意象的运用类似于通过镜头的组接表达出新的含义。徐志摩在诗歌中通过对意象蒙太奇式的多样化组接孕育出完美的情感逻辑，蒙太奇式的思维很大程度上给徐诗注入了无限生机和活力，它使徐志摩的思想和情感在其独特诗艺营造的话语空间中得以真诚而自由地抒写，给读者以美的享受和丰富的诗性想象空间。

请在积累式、复现式、对比式、隐喻式和思维式等常用的蒙太奇形式中选择一种形式，围绕徐志摩诗歌中的蒙太奇思维这个主题进行小组探究。

【探究举例】小组课外合作探究实例：用对比式蒙太奇探究徐志摩诗歌之美

1.概念学习：由两个主体内容相反的镜头（意象）组接在一起，互相衬托，以产生强烈的对比作用，这就叫作对比式蒙太奇。

2.小组成员各自寻找诗歌，研读诗歌。

3.小组讨论，确定诗歌，探究诗歌。

（讨论时可以设计表格，小组长填写交流日志。）

4.汇总意见，进行鉴赏性片段写作。

5.小组成员修改，并全班展示。

成果举例：以《消息》一诗为例探究徐诗中的对比式蒙太奇

充满诗情的徐志摩热衷于热烈、鲜明和绚烂之美，诗中蕴涵着浓郁的色彩。徐诗中对比式蒙太奇思维正契合了诗人对浓烈感情表达的需要，他在一些诗歌中对色彩对比的驾驭可谓突出，如《消息》一诗。这首诗开始出现的是"双虹"这个意象，并给以全景镜头：雨后初霁，绚丽的彩虹在雾霭中显现，很壮观，这时将乐观兴奋的情绪升至最高点。而接下来出现的便是"雷"这一意象，也给以全景镜头：彩虹消逝后云天暗淡（并伴随打雷声），此时情感陡转，悲凉情绪迅速升至极点。诗中前一镜头画面色彩是亮丽的，而后一镜头的画面色彩则是灰暗的，两者形成对比式的蒙太奇组接，产生了强烈的效果，使诗人心中的幻灭感在这种同一事物前后突变中得到浓化。色彩，是人的一种感情激素，它对人有着特殊的表达感情的作用，人面对色彩往往会展开丰富的联想，从而将自己的感情迸发出来与之相配合。在这种组接中，我们可以感受到欢乐和痛苦、希望与失望交织，感受到他在苦苦寻找着心中的"梦"。这很像在影视艺术中，影视艺术家把思想和情感寄寓在画面色彩中，让观众感知并引起感情上的共鸣。

◎ **专题四：音乐美探究**

徐志摩的诗歌韵律和谐，富于音乐美。徐志摩认为"一首诗的秘密也就是它的内含的音节的匀整与流动"，音节是诗的血脉。

1. 请选择一首或者多首诗，从声韵的选择、词语的运用、音节的划分等角度分析它的音乐美。

2. 有能力的同学可以将自己喜欢的徐志摩诗歌谱成乐曲，与同学们分享（选做）。

志摩的诗

雪花的快乐 /003

沙扬娜拉 /005

落叶小唱 /006

为谁 /008

去吧 /010

一星弱火 /011

为要寻一个明星 /012

不再是我的乖乖 /013

多谢天！我的心又一度的跳荡 /015

我有一个恋爱 /017

消息 /019

夜半松风 /020

月下雷峰影片 /021

沪杭车中 /022

难得 /023

古怪的世界 /024

天国的消息 /026

乡村里的音籁 /027

她是睡着了 /029

五老峰 /032

朝雾里的小草花 /034

在那山道旁 /035

石虎胡同七号 /037

残诗 /039

破庙 /040

恋爱到底是什么一回事 /042

翡冷翠的一夜

翡冷翠的一夜 /047

呻吟语 /051

她怕他说出口 /052

偶然 /054

珊瑚 /055

变与不变 /056

丁当——清新 /057

我来扬子江边买一把莲蓬 /058

客中 /060

半夜深巷琵琶 /061

最后的那一天 /062

起造一座墙 /063

望月 /064

白须的海老儿 /065

天神似的英雄 /066

再不见雷峰 /067

梅雪争春 /068

"这年头活着不易" /069

西伯利亚道中忆西湖秋雪庵芦色作歌 /071

海韵 /073

苏苏 /076

新催妆曲 /077

猛虎集

我等候你 /083

春的投生 /087

拜献 /089

渺小 /090

阔的海 /091

泰山 /092

猛虎 /093

"他眼里有你" /095

车上 /096

车眺 /098

再别康桥 /100

秋虫 /102

西窗 /104

怨得 /108

深夜 /109

季候 /110

杜鹃 /111

黄鹂 /112

秋月 /113

山中 /115

两个月亮 /116

给—— /118

生活 /119

残春 /120

残破 /121

卑微 /123

"我不知道风是在哪一个方向吹" /124

云 游

云游 /129

火车擒住轨 /130

你去 /132

在病中 /134

雁儿们 /136

鲤跳 /138

难忘 /139

一九三〇年春 /140

北方的冬天是冬天

月夜听琴 /143

草上的露珠儿 /145

夏日田间即景 /148

私语 /150

清风吹断春朝梦 /151

北方的冬天是冬天 /153

春 /154

醒！醒！ /156

她在那里 /157

花牛歌 /158

八月的太阳 /159

检测与评估 /160
资源与拓展 /166
我的兴趣与收获 /169

志摩的诗

雪花的快乐

假如我是一朵雪花，
翩翩的在半空里潇洒，
　我一定认清我的方向——
　　飞飏，飞飏，飞飏，——
　这地面上有我的方向。

不去那冷寞的幽谷，
不去那凄清的山麓，
　也不上荒街去惆怅——
　　飞飏，飞飏，飞飏，——
　你看，我有我的方向！

在半空里娟娟的飞舞，
认明了那清幽的住处，
　等着她来花园里探望——
　　飞飏，飞飏，飞飏，——
　啊，她身上有朱砂梅的清香！

那时我凭借我的身轻，
盈盈的，沾住了她的衣襟，

> 作为一首典型的新格律诗，四节诗歌像优美的舞步缓缓向我们走来，每节字数相同，遵循一定的格律，每节的前两行押的是同一韵，而且有变化，后三行另换一韵，中间两行前面缩进一格，后面加破折号以表延长，整体错落有致，再加上反复出现的"飞飏，飞飏，飞飏"，赋予了视觉上的张力，极具画面感和动态美，让人仿佛置身于雪花的飞扬之中，沉浸在情感的回荡之间。读来抑扬顿挫，朗朗上口，很有节奏感。

贴近她柔波似的心胸——
消溶,消溶,消溶——
溶入了她柔波似的心胸!

沙扬娜拉①
(赠日本女郎)

最是那一低头的温柔,
　像一朵水莲花不胜凉风的娇羞,
道一声珍重,道一声珍重,
　那一声珍重里有甜蜜的忧愁——
　　沙扬娜拉!

---

① 此诗原有18首,曾编入中华书局1925年版《志摩的诗》,1928年新月书店重印时作者删去前17首,仅留最后一首。

落叶小唱

一阵声响转上了阶沿
（我正挨近着梦乡边；）
这回准是她的脚步了，我想——
　　　在这深夜！

一声剥啄在我的窗上
（我正靠紧着睡乡旁；）
这准是她来闹着玩——你看，
　　　我偏不张皇！

一个声息贴近我的床，
我说（一半是睡梦，一半是迷惘：）——
"你总不能明白我，你又何苦
　　　多叫我心伤！"

一声喟息落在我的枕边
（我已在梦乡里留恋；）
"我负了你"你说——你的热泪
　　　烫着我的脸！

这声响恼着我的梦魂

(落叶在庭前舞,一阵,又一阵;)

梦完了,呵,回复清醒;恼人的——

  却只是秋声!

为 谁

这几天秋风来得格外的尖厉:
  我怕看我们的庭院,
  树叶伤鸟似的猛旋,
  中着了无形的利箭——
没了,全没了: 生命,颜色,美丽!

就剩下西墙上的几道爬山虎:
  它那豹斑似的秋色,
  忍熬着风拳的打击,
  低低的喘一声乌邑——
"我为你耐着!"它仿佛对我声诉。

它为我耐着,那艳色的秋萝,
  但秋风不容情的追,
  追,(摧残是它的恩惠!)
  追尽了生命的余辉——
这回墙上不见了勇敢的秋萝!

今夜那青光的三星在天上
  倾听着秋后的空院,

悄悄的,更不闻呜咽:
落叶在泥土里安眠——
只我在这深夜,啊,为谁凄悯?

去 吧

去吧，人间，去吧！
　我独立在高山的峰上；
去吧，人间，去吧！
　我面对着无极的穹苍。

去吧，青年，去吧！
　与幽谷的香草同埋；
去吧，青年，去吧！
　悲哀付与暮天的群鸦。

去吧，梦乡，去吧！
　我把幻景的玉杯摔破；
去吧，梦乡，去吧！
　我笑受山风与海涛之贺。

去吧，种种，去吧！
　当前有插天的高峰！
去吧，一切，去吧！
　当前有无穷的无穷！

一星弱火

我独坐在半山的石上，
　看前峰的白云蒸腾，
一只不知名的小雀，
　嘲讽着我迷惘的神魂。

白云一饼饼的飞升，
　化入了辽远的无垠；
但在我逼仄的心头，啊，
　却凝敛着惨雾与愁云！

皎洁的晨光已经透露，
　洗净了青屿似的前峰；
像墓墟间的磷光惨淡，
　一星的微焰在我的胸中。

但这惨淡的弱火一星，
　照射着残骸与余烬，
虽则是往迹的嘲讽，
　却绵绵的长随时间进行！

二十六日半夜

为要寻一个明星

我骑着一匹拐腿的瞎马,
　　向着黑夜里加鞭;——
　　向着黑夜里加鞭,
我跨着一匹拐腿的瞎马!

我冲入这黑绵绵的昏夜,
　　为要寻一颗明星;——
　　为要寻一颗明星,
我冲入这黑茫茫的荒野。

累坏了,累坏了我胯下的牲口,
　　那明星还不出现;——
　　那明星还不出现,
累坏了,累坏了马鞍上的身手。

这回天上透出了水晶似的光明,
　　荒野里倒着一只牲口,
　　黑夜里躺着一具尸首。——
这回天上透出了水晶似的光明!

不再是我的乖乖

一

前天我是一个小孩，
这海滩最是我的爱；
早起的太阳赛如火炉，
趁暖和我来做我的工夫：
捡满一衣兜的贝壳，
在这海砂上起造宫阙：
哦，这浪头来得凶恶，
冲了我得意的建筑——
我喊一声海，海！
你是我小孩儿的乖乖！

二

昨天我是一个"情种"，
到这海滩上来发疯；
西天的晚霞慢慢的死，
血红变成姜黄，又变紫，
一颗星在半空里窥伺，

我匍伏在砂堆里画字,
一个字,一个字,又一个字,
谁说不是我心爱的游戏?
我喊一声海,海!
不许你有一点儿的更改!

三

今天!咳,为什么要有今天?
不比从前,没了我的疯癫,
再没有小孩时的新鲜,
这回再不来这大海的边沿!
头顶不见天光的方便,
海上只暗沉沉的一片,
暗潮侵蚀了砂字的痕迹,
却不冲淡我悲惨的颜色——
我喊一声海,海!
你从此不再是我的乖乖!

多谢天！我的心又一度的跳荡

多谢天！我的心又一度的跳荡，
这天蓝与海青与明洁的阳光，
驱净了梅雨时期无欢的踪迹，
也散放了我心头的网罗与纽结，
像一朵曼陀罗花英英的露爽，
在空灵与自由中忘却了迷惘：——
迷惘，迷惘！也不知来自何处，
囚禁着我心灵的自然的流露，
可怖的梦魇，黑夜无边的惨酷，
苏醒的盼切，只增剧灵魂的麻木！
曾经有多少的白昼，黄昏，清晨，
嘲讽我这蚕茧似不生产的生存？
也不知有几遭的明月，星群，晴霞，
山岭的高亢与流水的光华……
辜负！辜负自然界叫唤的殷勤，
惊不醒这沉醉的昏迷与顽冥！

如今，多谢这无名的博大的光辉，
在艳色的青波与绿岛间萦回，
更有那渔船与航影，亭亭的粘附

在天边，唤起辽远的梦景与梦趣：
我不由的惊悚，我不由的感愧
（有时微笑的妩媚是启悟的棒槌！）
是何来倏忽的神明，为我解脱
忧愁，新竹似的豁裂了外箨，
透露内裹的青篁，又为我洗净
障眼的盲翳，重见宇宙间的欢欣。

这或许是我生命重新的机兆；
大自然的精神！容纳我的祈祷，
容许我的不踌躇的注视，容许
我的热情的献致，容许我保持
这显示的神奇，这现在与此地，
这不可比拟的一切间隔的毁灭！
我更不问我的希望，我的惆怅，
未来与过去只是渺茫的幻想，
更不向人间访问幸福的进门，
只求每时分给我不死的印痕，——
变一颗埃尘，一颗无形的埃尘，
追随着造化的车轮，进行，进行，……

我有一个恋爱

我有一个恋爱；——
我爱天上的明星；
我爱它们的晶莹：
　人间没有这异样的神明。

在冷峭的暮冬的黄昏，
在寂寞的灰色的清晨。
在海上，在风雨后的山顶——
　永远有一颗，万颗的明星！

山涧边小草花的知心，
高楼上小孩童的欢欣，
旅行人的灯亮与南针：——
　万万里外闪烁的精灵！

我有一个破碎的魂灵，
像一堆破碎的水晶，
散布在荒野的枯草里——
　饱啜你一瞬瞬的殷勤。

人生的冰激与柔情,
我也曾尝味,我也曾容忍;
有时阶砌下蟋蟀的秋吟,
　　引起我心伤,逼迫我泪零。

我袒露我的坦白的胸襟,
　　献爱与一天的明星;
任凭人生是幻是真,
地球存在或是消泯——
　　太空中永远有不昧的明星!

消　息

雷雨暂时收敛了；
　　双龙似的双虹，
　　显现在雾霭中，
　　夭矫，鲜艳，生动，——
好兆！明天准是好天了。

什么！又（是一阵）打雷了，——
　　在云外，在天外，
　　又是一片暗淡，
　　不见了鲜虹彩，——
希望，不曾站稳，又毁了。

夜半松风

这是冬夜的山坡,
坡下一座冷落的僧庐,
庐内一个孤独的梦魂:
　　在忏悔中祈祷,在绝望中沉沦;——

为什么这怒叫,这狂啸,
鼍鼓与金钲与虎与豹?
为什么这幽诉,这私慕,
烈情的惨剧与人生的坎坷——
　　又一度潮水似的淹没了
这彷徨的梦魂与冷落的僧庐?

月下雷峰影片

我送你一个雷峰塔影,
　　满天稠密的黑云与白云;
我送你一个雷峰塔顶,
　　明月泻影在眠熟的波心。

深深的黑夜,依依的塔影,
　　团团的月彩,纤纤的波鳞——
假如你我荡一支无遮的小艇,
　　假如你我创一个完全的梦境!

沪杭车中

　　匆匆匆！催催催！
一卷烟，一片山，几点云影，
一道水，一条桥，一支橹声，
一林松，一丛竹，红叶纷纷：

　　艳色的田野，艳色的秋景，
梦境似的分明，模糊，消隐，——
　　催催催！是车轮还是光阴？
催老了秋容，催老了人生！

难　得

难得，夜这般的清静，
　　难得，炉火这般的温，
更是难得，无言的相对，
　　一双寂寞的灵魂！

也不必筹营，也不必评论，
　　更没有虚骄，猜忌与嫌憎，
只静静的坐对着一炉火，
　　只静静的默数远巷的更。

喝一口白水，朋友，
　　滋润你的干裂的口唇；
你添上几块煤，朋友，
　　一炉的红焰感念你的殷勤。

在冰冷的冬夜，朋友，
　　人们方始珍重难得的炉薪；
在这冰冷的世界，
　　方始凝结了少数同情的心！

> "炉火"这个意象反复出现，让一颗不被理解的心，一双寂寞的灵魂，在寒冷的冬夜得到温暖和慰藉。
>
> 那近旁的"炉火"和"远巷的更"，让白日里一切繁杂、虚矫渐渐隐去，只留下温暖和清净。

古怪的世界

　　从松江的石湖塘
　　上车来老妇一双,
颤巍巍的承住弓形的老人身,
多谢(我猜是)普渡山的盘龙藤:

　　青布棉袄,黑布棉套,
　　头毛半秃,齿牙半耗:
肩挨肩的坐落在阳光暖暖的窗前,
畏葸的,呢喃的,像一对寒天的老燕;

　　震震的干枯的手背,
　　震震的皱缩的下颏:
这二老!是妯娌,是姑嫂,是姊妹?——
紧挨着,老眼中有伤悲的眼泪!

　　怜悯!贫苦不是卑贱,
　　老衰中有无限庄严;——
老年人有什么悲哀,为什么凄伤?
为什么在这快乐的新年,抛却家乡?

同车里杂沓的人声，
　　轨道上疾转着车轮；
我独自的，独自的沉思这世界古怪——
是谁吹弄着那不调谐的人道的音籁？

天国的消息

可爱的秋景！无声的落叶，
轻盈的，轻盈的，掉落在这小径，
竹篱内，隐约的，有小儿女的笑声：

呖呖的清音，缭绕着村舍的静谧，
仿佛是幽谷里的小鸟，欢噪着清晨，
驱散了昏夜的晦塞，开始无限光明。

刹那的欢欣，昙花似的涌现，
开豁了我的情绪，忘却了春恋，
人生的惶惑与悲哀，惆怅与短促——
在这稚子的欢笑声里，想见了天国！

晚霞泛滥着金色的枫林，
凉风吹拂着我孤独的身形；
我灵海里啸响着伟大的波涛，
应和更伟大的脉搏，更伟大的灵潮！

乡村里的音籁

小舟在垂柳荫间缓泛——
　一阵阵初秋的凉风,
　吹生了水面的漪绒,
吹来两岸乡村里的音籁。

我独自凭着船窗闲憩,
　静看着一河的波幻,
　静听着远近的音籁,——
又一度与童年的情景默契!

这是清脆的稚儿的呼唤,
　田场上工作纷纭,
　竹篱边犬吠鸡鸣:
但这无端的悲感与凄惋!

白云在蓝天里飞行:
　我欲把恼人的年岁,
　我欲把恼人的情爱,
托付与无涯的空灵——消泯;

回复我纯朴的,美丽的童心:
　　像山谷里的冷泉一勺,
　　像晓风里的白头乳鹊,
像池畔的草花,自然的鲜明。

她是睡着了

　　她是睡着了——
星光下一朵斜欹的白莲；
　　她入梦境了——
香炉里袅起一缕碧螺烟。

　　她是眠熟了——
涧泉幽抑了喧响的琴弦；
　　她在梦乡了——
粉蝶儿，翠蝶儿，翻飞的欢恋。

　　停匀的呼吸：
清芬渗透了她的周遭的清氛；
　　有福的清氛，
　　怀抱着，抚摩着，她纤纤的身形！

　　奢侈的光阴！
静，沙沙的尽是闪亮的黄金，
　　平铺着无垠，——
波鳞间轻漾着光艳的小艇。

醉心的光景：
给我披一件彩衣，啜一坛芳醴，
　　折一枝藤花，
舞，在葡萄丛中，颠倒，昏迷。

　　看呀，美丽！
三春的颜色移上了她的香肌，
　　是玫瑰，是月季，
是朝阳里的水仙，鲜妍，芳菲！

　　梦底的幽秘，
挑逗着她的心——纯洁的灵魂——
　　像一只蜂儿，
在花心恣意的唐突——温存。

　　童真的梦境！
静默；休教惊断了梦神的殷勤；
　　抽一丝金络，
抽一丝银络，抽一丝晚霞的紫曛；

　　玉腕与金梭，
织缣似的精审，更番的穿度——
　　化生了彩霞，
神阙，安琪儿的歌，安琪儿的舞。

　　可爱的梨涡，
解释了处女的梦境的欢喜，

像一颗露珠，
颤动的，在荷盘中闪耀着晨曦！

十九日夜二时半

五老峰

不可摇撼的神奇，
　　　　不容注视的威严，
这耸峙，这横蟠，
　　　　这不可攀援的峻险！
看！那巉岩缺处
　　　　透露着天，窈远的苍天，
在无限广博的怀抱间，
　　　　这磅礴的伟象显现！

是谁的意境，是谁的想象？
　　　　是谁的工程与搏造的手痕？
在这亘古的空灵中
　　　　陵慢着天风，天体与天氛！
有时朵朵明媚的彩云，
　　　　轻颤的妆缀着老人们的苍鬓，
像一树虬干的古梅在月下
　　　　吐露了艳色鲜葩的清芬！

山麓前伐木的村童，
　　　　在山涧的清流中洗濯，呼啸，

认识老人们的嗔颦，
　　　　迷雾海沫似的喷涌，铺罩，
淹没了谷内的青林，
　　　　隔绝了鄱阳的水色袅渺，
陡壁前闪亮着火电，听呀！
　　　　五老们在渺茫的雾海外狂笑！

朝霞照他们的前胸，
　　　　晚霞戏逗着他们赤秃的头颅；
黄昏时，听异鸟的欢呼，
　　　　在他们鸠盘的肩旁怯怯的透露
不昧的星光与月彩：
　　　　柔波里，缓泛着的小艇与轻舸；
听呀！在海会静穆的钟声里，
　　　　有朝山人在落叶林中过路！

更无有人事的虚荣，
　　　　更无有尘世的仓促与噩梦，
灵魂！记取这从容与伟大，
　　　　在五老峰前饱啜自由的山风！
这不是山峰，这是古圣人的祈祷
　　　　凝聚成这"冻乐"似的建筑神工，
给人间一个不朽的凭证——
　　　　一个"崛强的疑问"在无极的蓝空！

朝雾里的小草花

这岂是偶然,小玲珑的野花!
　你轻含着鲜露颗颗,
　怦动的,像是慕光明的花蛾,
在黑暗里想念焰彩,晴霞;

我此时在这蔓草丛中过路,
　无端的内感,惆怅与惊讶,
　在这迷雾里,在这岩壁下,
思忖着,泪怦怦的,人生与鲜露?

在那山道旁

在那山道旁,一天雾蒙蒙的朝上,
初生的小蓝花在草丛里窥觑,
我送别她归去,与她在此分离,
在青草里飘拂她的洁白的裙衣。

我不曾开言,她亦不曾告辞,
驻足在山道旁,我暗暗的寻思;
"吐露你的秘密,这不是最好时机?"——
露湛的小草花,仿佛恼我的迟疑。

为什么迟疑,这是最后的时机,
在这山道旁,在这雾茫在朝上?
收集了勇气,向着她我旋转身去:——
但是啊!为什么她这满眼凄惶?

我咽住了我的话,低下了我的头:
火灼与冰激在我的心胸间回荡,
啊,我认识了我的命运,她的忧愁,——
在这浓雾里,在这凄清的道旁!

在那天朝上,在雾茫茫的山道旁,
新生的小蓝花在草丛里睥睨,
我目送她远去,与她从此分离——
在青草间飘拂她那洁白的裙衣!

石虎胡同七号①

我们的小园庭,有时荡漾着无限温柔:
善笑的藤娘,祖酥怀任团团的柿掌绸缪,
百尺的槐翁,在微风中俯身将棠姑抱搂,
黄狗在篱边,守候睡熟的珀儿,它的小友,
小雀儿新制求婚的艳曲,在媚唱无休——
我们的小园庭,有时荡漾着无限温柔。

我们的小园庭,有时淡描着依稀的梦景;
雨过的苍茫与满庭荫绿,织成无声幽冥,
小蛙独坐在残兰的胸前,听隔院蚓鸣,
一片化不尽的雨云,倦展在老槐树顶,
掠檐前作圆形的舞旋,是蝙蝠,还是蜻蜓?
我们的小园庭,有时淡描着依稀的梦景。

我们的小园庭,有时轻喟着一声奈何;
奈何在暴雨时,雨槌下捣烂鲜红无数,
奈何在新秋时,未凋的青叶惆怅地辞树,

---

① 北京西单牌楼石虎胡同七号是北京松坡图书馆,专藏外文书籍之处。徐志摩曾在此工作过。

奈何在深夜里，月儿乘云艇归去，西墙已度，
远巷薤露的乐音，一阵阵被冷风吹过——
我们的小园庭，有时轻喟着一声奈何。

我们的小园庭，有时沉浸在快乐之中；
雨后的黄昏，满院只美荫，清香与凉风，
大量的蹇翁，巨樽在手，蹇足直指天空，
一斤，两斤，杯底喝尽，满怀酒欢，满面酒红，
连珠的笑响中，浮沉着神仙似的酒翁——
我们的小园庭，有时沉浸在快乐之中。

残　诗

怨谁？怨谁？这不是青天里打雷？
关着，锁上；赶明儿瓷花砖上堆灰！
别瞧这白石台阶儿光滑，赶明儿，唉，
石缝里长草，石板上青青的全是莓！
那廊下的青玉缸里养着鱼，真凤尾，
可还有谁给换水，谁给捞草，谁给喂？
要不了三五天准翻着白肚鼓着眼，
不浮着死，也就让冰分儿压一个扁！
顶可怜是那几个红嘴绿毛的鹦哥，
让娘娘教得顶乖，会跟着洞箫唱歌，
真娇养惯，喂食一迟，就叫人名儿骂，
现在，您叫去！就剩空院子给您答话！……

破　庙

慌张的急雨将我
赶入了黑丛丛的山坳，
迫近我头顶在腾拿，
恶狠狠的乌龙巨爪；
枣树兀兀地隐蔽着
一座静悄悄的破庙，
我满身的雨点雨块，
躲进了昏沉沉的破庙；

雷雨越发来得大了：
霍隆隆半天里霹雳，
豁喇喇林叶树根苗，
山谷山石，一齐怒号，
千万条的金剪金蛇，
飞入阴森森的破庙，
我浑身战抖，趁电光
估量这冷冰冰的破庙；

我禁不住大声啼叫，
电光火把似的照耀，

照出我身旁神龛里
一个青面狞笑的神道,
电光去了,霹雳又到,
不见了狞笑的神道,
硬雨石块似的倒泻——
我独身藏躲在破庙;

千年万年应该过了!
只觉得浑身的毛窍,
只听得骇人的怪叫,
只记得那凶恶的神道,
忘记了我现在的破庙;
好容易雨收了,雷休了,
血红的太阳,满天照耀,
照出一个我,一座破庙!

恋爱到底是什么一回事

恋爱他到底是什么一回事？——
他来的时候我还不曾出世；
太阳为我照上了二十几个年头，
我只是个孩子，认不识半点愁；
忽然有一天——我又爱又恨那一天——
我心坎里痒齐齐的有些不连牵，
那是我这辈子第一次的上当，
有人说是受伤——你摸摸我的胸膛——
他来的时候我还不曾出世，
恋爱他到底是什么一回事？

这来我变了，一只没笼头的马，
跑遍了荒凉的人生的旷野；
又像那古时间献璞玉的楚人，
手指着心窝，说这里面有真有真，
你不信时一刀拉破我的心头肉，
看那血淋淋的一掬是玉不是玉；
血！那无情的宰割，我的灵魂！
是谁逼迫我发最后的疑问？
疑问！这回我自己幸喜我的梦醒，

上帝，我没有病，再不来对你呻吟！
我再不想成仙，蓬莱不是我的分；
我只要这地面，情愿安分的做人，——
从此再不问恋爱是什么一回事，
反正他来的时候我还不曾出世！

翡冷翠的一夜

翡冷翠①的一夜

你真的走了，明天？那我，那我，……
你也不用管，迟早有那一天；
你愿意记着我，就记着我，
要不然趁早忘了这世界上
有我，省得想起时空着恼，
只当是一个梦，一个幻想；
只当是前天我们见的残红，
怯怜怜的在风前抖擞，一瓣，
两瓣，落地，叫人踩，变泥……
唉，叫人踩，变泥——变了泥倒干净，
这半死不活的才叫是受罪，
看着寒伧，累赘，叫人白眼——
天呀！你何苦来，你何苦来……
我可忘不了你，那一天你来，
就比如黑暗的前途见了光彩，
你是我的先生，我爱，我的恩人，
你教给我什么是生命，什么是爱，

---

① 翡冷翠，意大利文 Firenze 的音译，是意大利中部的一个城市，现通译为佛罗伦萨（英文作 Florence）。1925年3月10日徐志摩离国访欧。此诗写于意大利。

你惊醒我的昏迷，偿还我的天真，
没有你我哪知道天是高，草是青？
你摸摸我的心，它这下跳得多快；
再摸我的脸，烧得多焦，亏这夜黑
看不见；爱，我气都喘不过来了，
别亲我了；我受不住这烈火似的活，
这阵子我的灵魂就像是火砖上的
熟铁，在爱的锤子下，砸，砸，火花
四散的飞洒……我晕了，抱着我，
爱，就让我在这儿清静的园内，
闭着眼，死在你的胸前，多美！
头顶白杨树上的风声，沙沙的，
算是我的丧歌，这一阵清风，
橄榄林里吹来的，带着石榴花香，
就带了我的灵魂走，还有那萤火，
多情的殷勤的萤火，有他们照路，
我到了那三环洞的桥上再停步，
听你在这儿抱着我半暖的身体，
悲声的叫我，亲我，摇我，咂我，……
我就微笑的再跟着清风走，
随他领着我，天堂，地狱，哪儿都成，
反正丢了这可厌的人生，实现这死
在爱里，这爱中心的死，不强如
五百次的投生？……自私，我知道。
可我也管不着……你伴着我死？
什么，不成双就不是完全的"爱死"，
要飞升也得两对翅膀儿打伙，

进了天堂还不一样的要照顾,
我少不了你,你也不能没有我;
要是地狱,我单身去你更不放心,
你说地狱不定比这世界文明
(虽则我不信,)像我这娇嫩的花朵,
难保不再遭风暴,不叫雨打,
那时候我喊你,你也听不分明,——
那不是求解脱反投进了泥坑,
倒叫冷眼的鬼串通了冷心的人,
笑我的命运,笑你懦怯的粗心?
这话也有理,那叫我怎么办呢?
活着难,太难,就死也不得自由,
我又不愿你为我牺牲你的前程……
唉!你说还是活着等,等那一天!
有那一天吗?——你在,就是我的信心;
可是天亮你就得走,你真的忍心
丢了我走?我又不能留你,这是命;
但这花,没阳光晒,没甘露浸,
不死也不免瓣尖儿焦萎,多可怜!
你不能忘我,爱,除了在你的心里,
我再没有命;是,我听你的话,我等,
等铁树儿开花我也得耐心等;
爱,你永远是我头顶的一颗明星:
要是不幸死了,我就变一个萤火,
在这园里,挨着草根,暗沉沉的飞,
黄昏飞到半夜,半夜飞到天明,
只愿天空不生云,我望得见天,

天上那颗不变的大星，那是你，
但愿你为我多放光明，隔着夜，
隔着天，通着恋爱的灵犀一点……

　　　　六月十一日，一九二五年翡冷翠山中

呻吟语

我亦愿意赞美这神奇的宇宙,
我亦愿意忘却了人间有忧愁,
　　像一只没挂累的梅花雀,
　　清朝上歌唱,黄昏时跳跃;——
假如她清风似的常在我的左右!

我亦想望我的诗句清水似的流,
我亦想望我的心池鱼似的悠悠;
　　但如今膏火是我的心,
　　再休问我闲暇的诗情?——
上帝!你一天不还她生命与自由!

她怕他说出口

（朋友，我懂得那一条骨鲠，
难受不是？——难为你的咽喉；）
"看，那草瓣上蹲着一只蚱蜢，
那松林里的风声像是箜篌。"

（朋友，我明白，你的眼水里
闪动着你真情的泪晶；）
"看，那一双蝴蝶连翩的飞；
你试闻闻这紫兰花馨！"

（朋友，你的心在怦怦的动：
我的也不一定是安宁；）
"看，那一对雌雄的双虹！
在云天里卖弄着娉婷。"

（这不是玩，还是不出口的好，
我顶明白你灵魂里的秘密：）
那是句致命的话，你得想到，
　　回头你再来追悔那又何必！

(我不愿你进火焰里去遭罪,
就我——就我也不情愿受苦!)
"你看那双虹已经完全破碎;
花草里不见了蝴蝶儿飞舞。"

(耐着!美不过这半绽的花蕾;
何必再添深这颊上的薄晕?)
"回走吧,天色已是怕人的昏黑,——
明儿再来看鱼肚色的朝云!"

偶　然

我是天空里的一片云，
偶尔投影在你的波心——
　　你不必讶异，
　　更无须欢喜——
在转瞬间消灭了踪影。

你我相逢在黑夜的海上，
你有你的，我有我的，方向；
　　你记得也好，
　　最好你忘掉，
在这交会时互放的光亮！

诗人用了简单的画面、简明的旋律，营造了一个小巧而丰盈、朦胧而晶莹的世界，给了我们无尽的想象。有人读到了爱情，有人读到了理想，有人读到了诗人的内心，有人也读到了自己的生活……虽然爱与美在"偶然"中消逝，难免失落和无奈，但是那些"偶然"中"相逢""交会"时"互放的光亮"也许会成为我们一生永恒的光亮。

珊　瑚

你再不用想我说话，
　　我的心早沉在海水底下；
你再不用向我叫唤：
　　因为我——我再不能回答！

除非你——除非你，也来在
　　这珊瑚骨环绕的又一世界：
等海风定时的一刻清静，
　　你我来交互你我的幽叹。

变与不变

树上的叶子说:"这来又变样儿了,
你看,有的是抽心烂,有的是卷边焦!"
"可不是,"答话的是我自己的心:
它也在冷酷的西风里褪色,凋零。

这时候连翩的明星爬上了树尖;
"看这儿,"它们仿佛说,"有没有改变?"
"看这儿,"无形中又发动了一个声音,
"还不是一样鲜明?"——插话的是我的魂灵!

丁当——清新

檐前的秋雨在说什么？
　　它说摔了她，忧郁什么？
我手拿起案上的镜框，
　　在地平上摔了一个丁当。

檐前的秋雨又在说什么？
　　"还有你心里那个留着做什么？"
蓦地里又听见一声清新——
　　这回摔破的是我自己的心！

我来扬子江边买一把莲蓬[1]

我来扬子江边买一把莲蓬;
　手剥一层层莲衣,
　看江鸥在眼前飞,
　忍含着一眼悲泪——
我想着你,我想着你,啊小龙!

我尝一尝莲瓤,回味曾经的温存:——
　那阶前不卷的重帘,
　掩护着同心的欢恋:
　我又听着你的盟言,
"永远是你的,我的身体,我的灵魂。"

我尝一尝莲心,我的心比莲心苦;
　我长夜里怔忡,
　挣不开的噩梦,
　谁知我的苦痛?
你害了我,爱,这日子叫我如何过?

---

[1] 此诗最初见于1925年9月9日《志摩日记·爱眉小札》。

但我不能责你负，我不忍猜你变，

　　我心肠只是一片柔：

　　你是我的！我依旧

　　将你紧紧的抱搂——

除非是天翻——但谁能想象那一天？

客 中

今晚天上有半轮的下弦月；
　　我想携着她的手，
　　往明月多处走——
一样是清光，我说，圆满或残缺。

园里有一树开剩的玉兰花；
　　她有的是爱花癖，
　　我爱看她的怜惜——
一样是芬芳，她说，满花与残花。

浓荫里有一只过时的夜莺；
　　她受了秋凉，
　　不如从前浏亮——
快死了，她说，但我不悔我的痴情！

但这莺，这一树花，这半轮月——
　　我独自沉吟，
　　对着我的身影——
她在哪里，啊，为什么伤悲，凋谢，残缺？

半夜深巷琵琶

又被它从睡梦中惊醒,深夜里的琵琶!
　　是谁的悲思,
　　是谁的手指,
像一阵凄风,像一阵惨雨,像一阵落花,
　　在这夜深深时,
　　在这睡昏昏时,
挑动着紧促的弦索,乱弹着宫商角徵,
　　和着这深夜,荒街,
　　柳梢头有残月挂,
啊,半轮的残月,像是破碎的希望他,他
　　头戴一顶开花帽,
　　身上带着铁链条,
在光阴的道上疯了似的跳,疯了似的笑,
　　完了,他说,吹糊你的灯,
　　她在坟墓的那一边等,
等你去亲吻,等你去亲吻,等你去亲吻!

最后的那一天

在春风不再回来的那一年,
在枯枝不再青条的那一天,
　那时间天空再没有光照,
　只黑蒙蒙的妖氛弥漫着
太阳,月亮,星光死去了的空间;

在一切标准推翻的那一天,
在一切价值重估的那时间:
　暴露在最后审判的威灵中
　一切的虚伪与虚荣与虚空:
赤裸裸的灵魂们匍匐在主的跟前;——

我爱,那时间你我再不必张皇,
更不须声诉,辩冤,再不必隐藏,——
　你我的心,像一朵雪白的并蒂莲,
　在爱的青梗上秀挺,欢欣,鲜妍,——
在主的跟前,爱是唯一的荣光。

起造一座墙

你我千万不可亵渎那一个字,
别忘了在上帝跟前起的誓。
我不仅要你最柔软的柔情,
蕉衣似的永远裹着我的心;
我要你的爱有纯钢似的强,
在这流动的生里起造一座墙;
任凭秋风吹尽满园的黄叶,
任凭白蚁蛀烂千年的画壁;
就使有一天霹雳震翻了宇宙,——
也震不翻你我"爱墙"内的自由!

望 月

月：我隔着窗纱，在黑暗中，
望她从巉岩的山肩挣起
一轮惺忪的不整的光华：
像一个处女，怀抱着贞洁，
惊惶的，挣出强暴的爪牙；

这使我想起你，我爱，当初
也曾在恶运的利齿间捱！
但如今，正如蓝天里明月，
你已升起在幸福的前峰，
洒光辉照亮地面的坎坷！

白须的海老儿

这船凭空在海中心抛锚,
也不顾我心头野火似的烧!
那白须的海老倒像有同情,
他声声问的是为甚不进行?

我伸手向黑暗的空间抱,
谁说这缥缈不是她的腰?
我又飞吻给银河边的星,
那是我爱最灵动的明睛。

但这来白须的海老又生恼
(他忌妒少年情,别看他年老!)
他说你情急我偏给你不行,
你怎生跳度这碧波的无垠?

果然那老顽皮有他的蹊跷,
这心头火差一点变海水里泡!
但此时我忙着亲我爱的香唇,
谁耐烦再和白须的海老儿争?

天神似的英雄

这石是一堆粗丑的顽石,
这百合是一丛明媚的秀色;
但当月光将花影描上石隙,
这粗丑的顽石也化生了媚迹。

我是一团臃肿的凡庸,
她的是人间无比的仙容;
但当恋爱将她偎入我的怀中,
就我也变成了天神似的英雄!

再不见雷峰

再不见雷峰,雷峰坍成了一座大荒冢,
　　顶上有不少交抱的青葱;
　　顶上有不少交抱的青葱,
再不见雷峰,雷峰坍成了一座大荒冢。

为什么感慨,对着这光阴应分的摧残?
　　世上多的是不应分的变态。
　　世上多的是不应分的变态;
发什么感慨,对着这光阴应分的摧残?

为什么感慨:这塔是镇压,这坟是掩埋,
　　镇压还不如掩埋来得痛快!
　　镇压还不如掩埋来得痛快,
发什么感慨:这塔是镇压,这坟是掩埋。

再没有雷峰;雷峰从此掩埋在人的记忆中:
　　像曾经的幻梦,曾经的爱宠;
　　像曾经的幻梦,曾经的爱宠,
再没有雷峰;雷峰从此掩埋在人的记忆中。

　　　　　　　　　　　　九月,西湖。

梅雪争春
纪念三一八①

南方新年里有一天下大雪,
我到灵峰去探春梅的消息;
残落的梅萼瓣瓣在雪里腌,
我笑说这颜色还欠三分艳!

运命说:你赶花朝节前回京,
我替你备下真鲜艳的春景:
白的还是那冷翩翩的飞雪,
但梅花是十三龄童的热血!

---

① 1926年3月18日,北洋军阀段祺瑞枪杀请愿群众,造成"三一八"惨案。发表时题后无"纪念三一八"。

"这年头活着不易"[①]

昨天我冒着大雨到烟霞岭下访桂;
  南高峰在烟霞中不见,
  在一家松茅铺的屋檐前
  我停步,问一个村姑今年
翁家山的桂花有没有去年开的媚,

那村姑先对着我身上细细的端详;
  活像只羽毛浸瘪了的鸟,
  我心想,她定觉得蹊跷,
  在这大雨天单身走远道,
倒来没来头的问桂花今年香不香。

"客人,你运气不好,来得太迟又太早;
  这里就是有名的满家弄,
  往年这时候到处香得凶,
  这几天连绵的雨,外加风,
弄得这稀糟,今年的早桂就算完了。"

[①] 此诗最初见于1925年9月17日《志摩日记·爱眉小札》。

果然这桂子林也不能给我点子欢喜;
　　　枝上只见焦萎的细蕊,
　　　看着凄惨,唉,无妄的灾!
　　　为什么这到处是憔悴?
这年头活着不易!这年头活着不易!

　　　　　　　　　　　　西湖,九月。

西伯利亚道中
忆西湖秋雪庵芦色作歌

我捡起一枝肥圆的芦梗,
　　在这秋月下的芦田;
我试一试芦笛的新声,
　　在月下的秋雪庵前。

这秋月是纷飞的碎玉,
　　芦田是神仙的别殿;
我弄一弄芦管的幽乐——
　　我映影在秋雪庵前。

我先吹我心中的欢喜——
　　清风吹露芦雪的酥胸;
我再弄我欢喜的心机——
　　芦田中见万点的飞萤。

我记起了我生平的惆怅,
　　中怀不禁一阵的凄迷,
笛韵中也听出了新来凄凉——
　　近水间有断续的蛙啼。

这时候芦雪在明月下翻舞,
　　　　我暗地思量人生的奥妙,
我正想谱一折人生的新歌,
　　　　啊,那芦笛(碎了)再不成音调!

这秋月是缤纷的碎玉,
　　　　芦田是仙家的别殿;
我弄一弄芦管的幽乐,——
　　　　我映影在秋雪庵前。

我捡起一枝肥圆的芦梗,
　　　　在这秋月下的芦田;
我试一试芦笛的新声,
　　　　在月下的秋雪庵前。

海 韵

一

"女郎,单身的女郎,
你为什么留恋
这黄昏的海边?——
女郎,回家吧,女郎!"
"啊不;回家我不回,
我爱这晚风吹:"——
在沙滩上,在暮霭里,
有一个散发的女郎——
　　　　　徘徊,徘徊。

二

"女郎,散发的女郎,
你为什么彷徨
在这冷清的海上?
女郎,回家吧,女郎!"
"啊不;你听我唱歌,
大海,我唱,你来和:"——

在星光下，在凉风里，
轻荡着少女的清音——
　　　　　高吟，低哦。

三

"女郎，胆大的女郎！
那天边扯起了黑幕，
这顷刻间有恶风波，——
女郎，回家吧，女郎！"
"啊不；你看我凌空舞，
学一个海鸥没海波："——
在夜色里，在沙滩上，
急旋着一个苗条的身影——
　　　　　婆娑，婆娑。

四

"听呀，那大海的震怒，
女郎回家吧，女郎！
看呀，那猛兽似的海波，
　女郎，回家吧，女郎！"
"啊不；海波他不来吞我，
我爱这大海的颠簸！"
在潮声里，在波光里，
　啊，一个慌张的少女在海沫里，
　　　　　蹉跎，蹉跎。

五

"女郎,在哪里,女郎?
在哪里,你嘹亮的歌声?
在哪里,你窈窕的身影?
　　在哪里,啊,勇敢的女郎?"
黑夜吞没了星辉,
　　这海边再没有光芒;
海潮吞没了沙滩,
　　沙滩上再不见女郎,——
　　　　再不见女郎!

苏 苏

苏苏是一个痴心的女子：
  像一朵野蔷薇，她的丰姿；
  像一朵野蔷薇，她的丰姿——
来一阵暴风雨，摧残了她的身世，

这荒草地里有她的墓碑
  淹没在蔓草里，她的伤悲；
  淹没在蔓草里，她的伤悲——
啊，这荒土里化生了血染的蔷薇！

那蔷薇是痴心女的灵魂，
  在清早上受清露的滋润，
  到黄昏时有晚风来温存，
更有那长夜的慰安，看星斗纵横。

你说这应分是她的平安？
  但运命又叫无情的手来攀，
  攀，攀尽了青条上的灿烂，——
可怜呵，苏苏她又遭一度的摧残！

新催妆曲

一

新娘,你为什么紧锁你的眉尖
　　（听掌声如春雨吼,
　　鼓乐暴雨似的流!）
在缤纷的花雨中步慵慵的向前:
　　（向前,向前,
　　到礼台边,
　　见新郎面!）
莫非这嘉礼惊醒了你的忧愁:
　　一针针的忧愁,
　　你的芳心刺透,
　　逼迫你热泪流,——
新娘,为什么你紧锁你的眉尖?

二

新娘,这礼堂不是杀人的屠场,
　　（听掌声如震天雷,
　　闹乐暴雨似的催!）

那台上站着的不是吃人的魔王：
　　他是新郎，
　　他是新郎，
　　你的新郎；
新娘，美满的幸福等在你的前面，
　　你快向前，
　　到礼台边，
　　见新郎面——
新娘，这礼堂不是杀人的屠场！

三

新娘，有谁猜得你的心头怨？——
　　（听掌声如劈山雷，
　　鼓乐暴雨似的催，
催花巍巍的新人快步的向前，
　　向前，向前，
　　到礼台边，
　　见新郎面。）
莫非你到今朝，这定运的一天，
　　又想起那时候，
　　他热烈的抱搂，
　　那颤栗，那绸缪——
新娘，有谁猜得你的心头怨？

四

新娘,把勾消的墓门压在你的心上:

  (这礼堂是你的坟场,

   你的生命从此埋葬!)

让伤心的热血添浓你颊上的红光;

  (你快向前,

   到礼台边,

    见新郎面!)

忘却了,永远忘却了人间有一个他:

  让时间的灰烬,

   掩埋了他的心,

    他的爱,他的影,——

新娘,谁不艳羡你的幸福,你的荣华!

猛虎集

我等候你

我等候你。
我望着户外的昏黄
如同望着将来,
我的心震盲了我的听。
你怎还不来?希望
在每一秒钟上允许开花。
我守候着你的步履,
你的笑语,你的脸,
你的柔软的发丝,
守候着你的一切;
希望在每一秒钟上
枯死——你在哪里?
我要你,要得我心里生痛,
我要你的火焰似的笑,
要你的灵活的腰身,
你的发上眼角的飞星;
我陷落在迷醉的氛围中,
像一座岛,
在蟒绿的海涛间,不自主的在浮沉……
喔,我迫切的想望

你的来临，想望

那一朵神奇的优昙

开上时间的顶尖！

你为什么不来，忍心的？

你明知道，我知道你知道，

你这不来于我是致命的一击，

打死我生命中午放的阳春，

教坚实如矿里的铁的黑暗，

压迫我的思想与呼吸；

打死可怜的希冀的嫩芽，

把我，囚犯似的，交付给

妒与愁苦，生的羞惭

与绝望的惨酷。

这也许是痴。竟许是痴。

我信我确然是痴；

但我不能转拨一支已然定向的舵，

万方的风息都不容许我犹豫——

我不能回头，运命驱策着我！

我也知道这多半是走向

毁灭的路；但

为了你，为了你

我什么也都甘愿；

这不仅我的热情，

我的仅有的理性亦如此说。

痴！想磔碎一个生命的纤微

为要感动一个女人的心！

想博得的，能博得的，至多是

她的一滴泪,

她的一阵心酸,

竟许一半声漠然的冷笑;

但我也甘愿,即使

我粉身的消息传到

她的心里如同传给

一块顽石,她把我看作

一只地穴里的鼠,一条虫,

我还是甘愿!

痴到了真,是无条件的,

上帝他也无法调回一个

痴定了的心如同一个将军

有时调回已上死线的士兵。

枉然,一切都是枉然,

你的不来是不容否认的实在,

虽则我心里烧着泼旺的火,

饥渴着你的一切,

你的发,你的笑,你的手脚;

任何的痴想与祈祷

不能缩短一小寸

你我间的距离!

户外的昏黄已然

凝聚成夜的乌黑,

树枝上挂着冰雪,

鸟雀们典去了它们的啁啾,

沉默是这一致穿孝的宇宙。

钟上的针不断的比着

玄妙的手势，像是指点，
像是同情，像是嘲讽，
每一次到点的打动，我听来是
我自己的心的
活埋的丧钟。

春的投生

昨晚上，
再前一晚也是的，
在雷雨的猖狂中
春
　　投生入残冬的尸体。

不觉得脚下的松软，
耳鬓间的温驯吗？
树枝上浮着青，
潭里的水漾成无限的缠绵；
再有你我肢体上
胸膛间的异样的跳动；

桃花早已开上你的脸，
我在更敏锐的消受
你的媚，吞咽
你的连珠的笑；
你不觉得我的手臂
更迫切的要求你的腰身，
我的呼吸投射到你的身上

如同万千的飞萤投向光焰?
这些,还有别的许多说不尽的,
和着鸟雀们的热情的回荡,
都在手携手的赞美着
春的投生。

二月二十八日

拜　献

山，我不赞美你的壮健，
海，我不歌咏你的阔大，
风波，我不颂扬你威力的无边；
但那在雪地里挣扎的小草花，
路旁冥茫中无告的孤寡，
烧死在沙漠里想归去的雏燕，——
给他们，给宇宙间一切无名的不幸，
我拜献，拜献我胸胁间的热，
管里的血，灵性里的光明；
我的诗歌——在歌声嘹亮的一俄顷，
天外的云彩为你们织造快乐，
　　起一座虹桥，
　　指点着永恒的逍遥，
在嘹亮的歌声里消纳了无穷的苦厄！

渺　小

我仰望群山的苍老，
　　他们不说一句话。
阳光描出我的渺小，
　　小草在我的脚下。

我一人停步在路隅，
　　倾听空谷的松籁；
青天里有白云盘踞——
　　转眼间忽又不在。

阔的海

阔的海空的天我不需要,
我也不想放一只巨大的纸鹞
上天去捉弄四面八方的风;
　　我只要一分钟
　　我只要一点光
　　我只要一条缝,——
　　像一个小孩趴伏
　　在一间暗屋的窗前
　　望着西天边不死的一条
缝,一点
光,一分
钟。

爱自由的诗人反常地说"不需要"海阔天空,"不想"放飞纸鹞。后面反复出现"只要"和多个"一"字,这两相对比之中,这份凄楚的哀祈、苦闷的诉说就更深入人心了。

结尾在结构上别具匠心。诗人将"缝""光""钟"单独放在每一行的首字位置,三个字纵向形成一条线。整体结构从"阔"到狭窄逼仄,与情感内容完美契合,更增其情感分量。

泰 山

山!
你的阔大的巉岩,
像是绝海的惊涛,
忽地飞来,
   凌空
   不动,
在沉默的承受
日月与云霞拥戴的光豪:
更有万千星斗
   错落
在你的胸怀,
向诉说
隐奥,
蕴藏在
岩石的核心与崔嵬的天外!

猛 虎

(The Tiger by William Blake[①])

猛虎，猛虎，火焰似的烧红
在深夜的莽丛，
何等神明的巨眼或是手
能擘画你的骇人的雄厚？

在何等遥远的海底还是天顶
烧着你眼火的纯晶？
跨什么翅膀他胆敢飞腾？
凭什么手敢擒住那威棱？

是何等肩腕，是何等神通，
能雕镂你的藏府的系统？
等到你的心开始了活跳，
何等震惊的手，何等震惊的脚？

椎的是什么锤？使的是什么练？

[①] 英文，意为："《猛虎》布莱克作。"布莱克（William Blake，1757—1827），英国诗人、版画家。

在什么洪炉里熬炼你的脑液?
什么砧座?什么骇异的拿把,
胆敢它的凶恶的惊怕擒抓?

当群星放射它们的金芒,
满天上泛滥着它们的泪光,
见到他的工程,他露不露笑容?
造你的不就是那造小羊的神工?

猛虎,猛虎,火焰似的烧红
在深夜的莽丛,
何等神明的巨眼或是手
胆敢擘画你的惊人的雄厚?

五月一日

"他眼里有你"

我攀登了万仞的高冈,
荆棘扎烂了我的衣裳,
我向飘渺的云天外望——
　　上帝,我望不见你!

我向坚厚的地壳里掏,
捣毁了蛇龙们的老巢,
在无底的深潭里我叫——
　　上帝,我听不到你!

我在道旁见一个小孩:
活泼,秀丽,褴褛的衣衫;
他叫声妈,眼里亮着爱——
　　上帝,他眼里有你!

　　　　　　　十一月二日星家坡①

---

① 星家坡,现通译为新加坡。

车　上

这一车上有各等的年岁，各色的人：
有出须的，有奶孩，有青年，有商，有兵；
也各有各的姿态：傍着的，躺着的，
张眼的，闭眼的，向窗外黑暗望着的。

车轮在铁轨上碾出重复的繁响，
天上没有星点，一路不见一些灯亮；
只有车灯的幽辉照出旅客们的脸，
他们老的少的，一致声诉旅程的疲倦。

这时候忽然从最幽暗的一角发出
歌声：像是山泉，像是晓鸟，蜜甜，清越，
又像是荒漠里点起了通天的明燎，
它那正直的金焰投射到遥远的山坳。

她是一个小孩，欢欣摇开了她的歌喉；
在这冥茫的旅程上，在这昏黄时候，
像是奔发的山泉，像是狂欢的晓鸟，
她唱，直唱得一车上满是音乐的幽妙。

旅客们一个又一个的表示着惊异,
渐渐每一个脸上来了有光辉的惊喜:
买卖的,军差的,老辈,少年,都是一样,
那吃奶的婴儿,也把他的小眼开张。

她唱,直唱得旅途上到处点上光亮,
层云里翻出玲珑的月和斗大的星,
花朵,灯彩似的,在枝头竞赛着新样,
那细弱的草根也在摇曳轻快的青萤!

车 眺

一

我不能不赞美
这向晚的五月天；
怀抱着云和树
那些玲珑的水田。

二

白云穿掠着晴空，
像仙岛上的白燕！
晚霞正照着它们，
白羽镶上了金边。

三

背着轻快的晚凉，
牛，放了工，呆着做梦；
孩童们在一边蹲，
想上牛背，美，逗英雄！

四

在绵密的树荫下,
有流水,有白石的桥,
桥洞下早来了黑夜,
流水里有星在闪耀。

五

绿是豆畦,阴是桑树林,
幽郁是溪水傍的草丛,
静是这黄昏时的田景,
但你听,草虫们的飞动!

六

月亮在昏黄里上妆,
太阳心慌的向天边跑;
他怕见她,他怕她见,——
怕她见笑一脸的红糟!

再别康桥

读《再别康桥》，就能真切感受到徐志摩的诗散发出一种自然的"生命水"般的活力，也让你感觉他仿佛是一位不问人间烟火的神仙。他选择的意象新颖而独特，氛围清新而优美。诗中的情感，似"云"飘逸，似"柳"柔细，似"水"清莹。那云彩、金柳、青荇、波光、星辉都因情感而着色，因情感而美好。

轻轻的我走了，
　正如我轻轻的来；
我轻轻的招手，
　作别西天的云彩。

那河畔的金柳，
　是夕阳中的新娘；
波光里的艳影，
　在我的心头荡漾。

软泥上的青荇，
　油油的在水底招摇：
在康河的柔波里，
　我甘心做一条水草！

那榆荫下的一潭，
　不是清泉，是天上虹
揉碎在浮藻间，
　沉淀着彩虹似的梦。

寻梦?撑一支长篙,
　　向青草更青处漫溯,
满载一船星辉,
　　在星辉斑斓里放歌。

但我不能放歌,
　　悄悄是别离的笙箫;
夏虫也为我沉默,
　　沉默是今晚的康桥!

悄悄的我走了,
　　正如我悄悄的来;
我挥一挥衣袖,
　　不带走一片云彩。

　　　　十一月六日　中国海上

> 康河曾见证过徐志摩的一段美好时光,是他永远的精神依恋之乡。这里的一草一木都浸染着情感,情景交融,才可能表现出"志摩式"的洒脱与无奈。

秋 虫

秋虫，你为什么来？人间
早不是旧时候的清闲；
这青草，这白露，也是呆：
再也没有用，这些诗材！
黄金才是人们的新宠，
她占了白天，又霸住梦！
爱情：像白天里的星星，
她早就回避，早没了影。
天黑它们也不得回来，
半空里永远有乌云盖。
还有廉耻也告了长假，
他躲在沙漠地里住家；
花尽着开可结不成果，
思想被主义奸污得苦！
你别说这日子过得闷，
晦气脸的还在后面跟！
这一半也是灵魂的懒，
他爱躲在园子里种菜，
"不管，"他说："听他往下丑——
变猪，变蛆，变蛤蟆，变狗……

过天太阳羞得遮了脸,
月亮残缺了再不肯圆,
到那天人道真灭了种,
我再来打——打革命的钟!"

一九二七年秋

西　窗

一

这西窗
这不知趣的西窗放进
四月天时下午三点钟的阳光
一条条直的斜的羼躺在我的床上；

放进一团捣乱的风片
搂住了难免处女羞的花窗帘，
呵她痒，腰弯里，脖子上，
羞得她直飏在半空里，刮破了脸；

放进下面走道上洗被单
衬衣大小毛巾的胰子味，
厨房里饭焦鱼腥蒜苗是腐乳的沁芳南，
还有弄堂里的人声比狗叫更显得松脆。

二

当然不知趣也不止是这西窗，

但这西窗是够顽皮的,
它何尝不知道这是人们打中觉的好时光!
拿一件衣服,不,拿这条绣外国花的毛毯,
　堵死了它,给闷死了它:
耶稣死了我们也好睡觉!

直着身子,不好,弯着来,
学一只卖弄风骚的大龙虾,
在清浅的水滩上引诱水波的荡意!
对呀,叫迷离的梦意像浪丝似的
爬上你的胡须,你的衣袖,你的呼吸……

你对着你脚上又新破了一个大窟窿的袜子发愣或是
　忙着送玲巧的手指到神秘的胳肢窝搔痒——可不
　是搔痒的时候
你的思想不见得会长上那拿把不住的大翅膀:

谢谢天,这是烟士披里纯①来到的刹那间
因为有窟窿的破袜是绝对的理性,
胳肢窝里虱类的痒是不可怀疑的实在。

三

香炉里的烟,远山上的雾,人的贪嗔和心机:
经络里的风湿,话里的刺,笑脸上的毒,

---

① 烟士披里纯,英文 inspiration 的音译,意为灵感。

谁说这宇宙这人生不够富丽的？
你看那市场上的盘算，比那蠢着大烟筒
走大洋海的船的肚子里的机轮更来得复杂，
血管里疙瘩着几两几钱，几钱几两，
脑子里也不知哪来这许多尖嘴的耗子爷？

还有那些比柱石更重实的大人们，他们也有他们的
　　盘算；
他们手指间夹着的雪茄虽则也冒着一卷卷成云彩的
　　烟，
但更曲折，更奥妙，更像长虫的翻戏，
是他们心里的算计，怎样到意大利喀辣辣矿山里去
　　搬运一个大石座来站他一个
　　足够与灵龟比赛的年岁，
何况还有波斯兵的长枪，匈奴的暗箭……

再有从上帝的创造里单独创造出来曾向农商部呈请
　　创造专利的文学先生们，这是个奇迹的奇迹，
正如狐狸精对着月光吞吐她的命珠，
他们也是在月光勾引潮汐时学得他们的职业秘密。
青年的血，尤其是滚沸过的心血，是可口的：——
他们借用普罗列塔里亚的瓢匙在彼此请呀请的舀着
　　喝。
他们将来铜像的地位一定望得见朱温张献忠的。

绣着大红花的俄罗斯毛毯方才拿来蒙住西窗的也不
　　知怎的滑溜了下来，不容做梦人继续他的冒险，

但这些滑腻的梦意钻软了我的心
像春雨的细脚踹软了道上的春泥。
西窗还是不挡着的好,虽则弄堂里的人声
　有时比狗叫更显得松脆。
这是谁说的:"拿手擦擦你的嘴,
这人间世在洪荒中不住的转,
像老妇人在空地里捡可以当柴烧的材料?"

怨　得

怨得这相逢；
谁作的主？——风！

也就一半句话，
露水润了枯芽。

黑暗——放一箭光；
飞蛾：他受了伤。

偶然，真是的。
惆怅？喔何必！

伦敦旅次　九月

深　夜

深夜里，街角上，
梦一般的灯芒。

烟雾迷裹着树！
怪得人错走了路？

"你害苦了我——冤家！"
她哭，他——不答话。

晓风轻摇着树尖：
掉了，早秋的红艳。

伦敦旅次　九月

季 候

一

他俩初起的日子,
像春风吹着春花。
花对风说:"我要,"
风不回话:他给!

二

但春花早变了泥,
春风也不知去向。
她怨,说天时太冷;
"不久就冻冰,"他说。

杜　鹃

杜鹃，多情的鸟，他终宵唱：
在夏荫深处，仰望着流云
飞蛾似围绕月亮的明灯，
星光疏散如海滨的渔火，
甜美的夜在露湛里休憩，
他唱，他唱一声"割麦插禾"——
农夫们在天放晓时惊起。

多情的鹃鸟，他终宵声诉，
是怨，是慕，他心头满是爱，
满是苦，化成缠绵的新歌，
柔情在静夜的怀中颤动；
他唱，口滴着鲜血，斑斑的，
染红露盈盈的草尖，晨光
轻摇着园林的迷梦；他叫，
他叫，他叫一声"我爱哥哥！"

黄 鹂

一掠颜色飞上了树。
"看,一只黄鹂!"有人说。
翘着尾尖,它不作声,
艳异照亮了浓密——
像是春光,火焰,像是热情。

等候它唱,我们静着望,
怕惊了它。但它一展翅,
冲破浓密,化一朵彩云;
它飞了,不见了,没了——
像是春光,火焰,像是热情。

秋　月

一样是月色，
今晚上的，因为我们都在抬头看——
看它，一轮腴满的妩媚，
从乌黑得如同暴徒一般的
云堆里升起——
看得格外的亮，分外的圆。
它展开在道路上，
它飘闪在水面上，
它沉浸在
水草盘结得如同忧愁般的
水底；
它睥睨在古城的雉堞上，
万千的城砖在它的清亮中
呼吸，
它抚摸着
错落在城厢外内的墓墟，
在宿鸟的断续的呼声里，
想见新旧的鬼，
也和我们似的相依偎的站着，
眼珠放着光，

咀嚼着彻骨的阴凉：
银色的缠绵的诗情
如同水面的星磷，
在露盈盈的空中飞舞。
听那四野的吟声——
永恒的卑微的谐和，
悲哀糅和着欢畅，
怨仇与恩爱，
晦冥交抱着火电，
在这夐绝的秋夜与秋野的
苍茫中，
"解化"的伟大
在一切纤微的深处
展开了
婴儿的微笑！

        十月中

山　中

庭院是一片静，
　　听市谣围抱；
织成一地松影——
　　看当头月好！

不知今夜山中
　　是何等光景：
想也有月，有松，
　　有更深的静。

我想攀附月色，
　　化一阵清风，
吹醒群松春醉，
　　去山中浮动。

吹下一针新碧，
　　掉在你窗前；
轻柔如同叹息——
　　不惊你安眠！

　　　　　　　　　　　四月一日

两个月亮

我望见有两个月亮:
一般的样,不同的相。

一个这时正在天上,
披敞着雀毛的衣裳;
她不吝惜她的恩情,
满地全是她的金银。
她不忘故宫的琉璃,
三海间有她的清丽。
她跳出云头,跳上树,
又躲进新绿的藤萝。
她那样玲珑,那样美,
水底的鱼儿也得醉!
但她有一点子不好,
她老爱向瘦小里耗;
有时满天只见星点,
没了那迷人的圆脸,
虽则到时候照样回来,
但这份相思有些难挨!
还有那个你看不见,

虽则不提有多么艳!
她也有她醉涡的笑,
还有转动时的灵妙;
说慷慨她也从不让人,
可惜你望不到我的园林!
可贵是她无边的法力,
常把我灵波向高里提:
我最爱那银涛的汹涌,
浪花里有音乐的银钟;
就那些马尾似的白沫,
也比得珠宝经过雕琢。
　一轮完美的明月,
　又况是永不残缺!
只要我闭上这一双眼,
她就婷婷的升上了天!

　　　　　　　四月二日月圆深夜

给——

我记不得维也纳,
　除了你,阿丽思;
我想不起佛兰克府,
　除了你,桃乐斯;
尼司,佛洛伦司,巴黎,
　也都没有意味,
要不是你们的艳丽,——
玖思,麦蒂特,腊妹,
　翩翩的,盈盈的,
　孜孜的,婷婷的,
照亮着我记忆的幽黑,
　像冬夜的明星,
　像暑夜的游萤,——
　怎教我不倾颓!
　怎教我不迷醉!

生 活

阴沉,黑暗,毒蛇似的蜿蜒,
生活逼成了一条甬道:
一度陷入,你只可向前,
手扪索着冷壁的粘潮,

在妖魔的脏腑内挣扎,
头顶不见一线的天光,
这魂魄,在恐怖的压迫下,
除了消灭更有什么愿望?

五月二十九日

残　春

昨天我瓶子里斜插着的桃花
是朵朵媚笑在美人的腮边挂；
今儿它们全低了头，全变了相：——
红的白的尸体倒悬在青条上。

窗外的风雨报告残春的运命，
丧钟似的音响在黑夜里叮咛：
"你那生命的瓶子里的鲜花也
变了样：艳丽的尸体，谁给收殓？"

残 破

一

深深的在深夜里坐着：
当窗有一团不圆的光亮，
　　风挟着灰土，在大街上
　　　　小巷里奔跑：
我要在枯秃的笔尖上裊出
一种残破的残破的音调，
为要抒写我的残破的思潮。

二

深深的在深夜里坐着：
生尖角的夜凉在窗缝里
　　妒忌屋内残余的暖气，
　　　　也不饶恕我的肢体：
但我要用我半干的墨水描成
一些残破的残破的花样，
因为残破，残破是我的思想。

三

深深的在深夜里坐着,
左右是一些丑怪的鬼影:
　焦枯的落魄的树木
　　在冰沉沉的河沿叫喊,
　　比着绝望的姿势,
正如我要在残破的意识里
重兴起一个残破的天地。

四

深深的在深夜里坐着,
闭上眼回望到过去的云烟:
啊,她还是一枝冷艳的白莲,
　斜靠着晓风,万种的玲珑;
但我不是阳光,也不是露水,
我有的只是些残破的呼吸,
　如同封锁在壁椽间的群鼠,
追逐着,追求着黑暗与虚无!

卑 微

卑微,卑微,卑微;
风在吹
无抵抗的残苇:

枯槁它的形容,
心已空,
音调如何吹弄?

它在向风祈祷:
"忍心好,
将我一拳推倒;

"也是一宗解化——
本无家,
任飘泊到天涯!"

"我不知道风是在哪一个方向吹"

诗中"我不知道风/是在哪一个方向吹"不断复现，使得形成一种回荡的旋风在诗中"依洄"，让我们感受到这风方向是不明的，而且我们也可以看到它每一次的出现都蕴涵着新的含义，并不显单调。诗歌还不断复现着"我是在梦中"，将这相同的"画面"重叠在一起，再一次强调诗人对现实的不满，对理想的追求，让我们看到他的坦诚、他的天真。诗人通过这样的一唱三叹、辗转反复、余音袅袅，让感情得以真实地宣泄。

我不知道风
是在哪一个方向吹——
我是在梦中，
在梦的轻波里依洄。

我不知道风
是在哪一个方向吹——
我是在梦中，
她的温存，我的迷醉。

我不知道风
是在哪一个方向吹——
我是在梦中，
甜美是梦里的光辉。

我不知道风
是在哪一个方向吹——
我是在梦中，
她的负心，我的伤悲。

我不知道风

是在哪一个方向吹——

我是在梦中,

在梦的悲哀里心碎!

我不知道风

是在哪一个方向吹——

我是在梦中,

黯淡是梦里的光辉。

云　游

云　游

那天你翩翩的在空际云游，
自在，轻盈，你本不想停留
在天的哪方或地的哪角，
你的愉快是无拦阻的逍遥。

你更不经意在卑微的地面
有一流涧水，虽则你的明艳
在过路时沾染了他的空灵，
使他惊醒，将你的倩影抱紧。

他抱紧的只是绵密的忧愁，
因为美不能在风光中静止；
他要，你已飞渡万重的山头，
去更阔大的湖海投射影子！

他在为你消瘦，那一流涧水，
在无能的盼望，盼望你飞回！

火车擒住轨

火车擒住轨,在黑夜里奔:
过山,过水,过陈死人的坟;

过桥,听钢骨牛喘似的叫,
过荒野,过门户破烂的庙,

过池塘,群蛙在黑水里打鼓,
过隘口的村庄,不见一粒火;

过冰清的小站,上下没有客,
月台袒露着肚子,像是罪恶。

这时车的呻吟惊醒了天上
三两个星,躲在云缝里张望:

那是干什么的,他们在疑问,
大凉夜不歇着,直闹又是哼,

长虫似的一条,呼吸是火焰,
一死儿往暗里闯,不顾危险,

就凭那精窄的两道，算是轨，
驮着这份重，梦一般的累赘。

累赘！那些奇异的善良的人，
放平了心安睡，把他们不论

俊的村的命全盘交给了它，
不论爬的是高山还是低洼，

不问深林里有怪鸟在诅咒，
天象的辉煌全对着毁灭走；

只图眼前过得，咧大嘴打呼，
明儿车一到，抢了皮包走路！

这态度也不错！愁没有个底；
你我在天空，那天也不休息，

睁大了眼，什么事都看分明，
但自己又何尝能支使运命？

说什么光明，智慧永恒的美，
彼此同是在一条线上受罪；

就差你我的寿数比他们强，
这玩艺反正是一片糊涂账。

你 去

你去,我也走,我们在此分手;
你上哪一条大路,你放心走,
你看那街灯一直亮到天边,
你只消跟从这光明的直线!
你先走,我站在此地望着你,
放轻些脚步,别教灰土扬起,
我要认清你的远去的身影,
直到距离使我认你不分明,
再不然我就叫响你的名字,
不断的提醒你有我在这里
为消解荒街与深晚的荒凉,
目送你归去……

　　　　　不,我自有主张,
你不必为我忧虑;你走大路,
我进这条小巷,你看那棵树,
高抵着天,我走到那边转弯,
再过去是一片荒野的凌乱:
有深潭,有浅洼,半亮着止水,
在夜茫中像是纷披的眼泪;
有石块,有钩刺胫踝的蔓草,

在期待过路人疏神时绊倒！
但你不必焦心，我有的是胆，
凶险的途程不能使我心寒。
等你走远了，我就大步向前，
这荒野有的是夜露的清鲜；
也不愁愁云深裹，但须风动，
云海里便波涌星斗的流汞；
更何况永远照彻我的心底；
有那颗不夜的明珠，我爱你！

在病中

我是在病中,这恹恹的倦卧,
看窗外云天,听木叶在风中……
是鸟语吗?院中有阳光暖和,
一地的衰草,墙上爬着藤萝,
有三五斑猩的,苍的,在颤动。
一半天也成泥……

　　　　　　　　城外,啊西山!
太辜负了,今年,翠微的秋容!
那山中的明月,有弯,也有环:
黄昏时谁在听白杨的哀怨?
谁在寒风里赏归鸟的群喧?
有谁上山去漫步,静悄悄的,
去落叶林中捡三两瓣菩提?
有谁去佛殿上拨拂着尘封,
在夜色里辨认金碧的神容?

这病中心情:一瞬瞬的回忆,
如同天空,在碧水潭中过路,
透映在水纹间斑驳的云翳;
又如阴影闪过虚白的墙隅,

瞥见时似有，转眼又复消散；
又如缕缕炊烟，才袅袅，又断……
又如暮天里不成字的寒雁，
飞远，更远，化入远山，化作烟！
又如在暑夜看飞星，一道光
碧银银的抹过，更不许端详。
又如兰蕊的清芬偶尔飘过，
谁能留住这没影踪的婀娜？
又如远寺的钟声，随风吹送，
在春宵，轻摇你半残的春梦！

      二十年五月续成七年前残稿

雁儿们

雁儿们在云空里飞,
　　看她们的翅膀,
　　看她们的翅膀,
有时候纡回,
　　有时候匆忙。

雁儿们在云空里飞,
　　晚霞在她们身上,
　　晚霞在她们身上,
有时候银辉,
　　有时候金芒。

雁儿们在云空里飞,
　　听她们的歌唱!
　　听她们的歌唱!
有时候伤悲,
　　有时候欢畅。

雁儿们在云空里飞,
　　为什么翱翔?

为什么翱翔？
她们少不少旅伴？
她们有没有家乡？

雁儿们在云空里彷徨，
　　　天地就快昏黑！
　　　天地就快昏黑！
前途再没有天光，
孩子们往哪儿飞？

天地在昏黑里安睡，
　　　昏黑迷住了山林，
　　　昏黑催眠了海水；
这时候有谁在倾听
昏黑里泛起的伤悲。

鲤　跳

那天你走近一道小溪，
我说"我抱你过去，"你说"不；"
"那我总得搀你，"你又说"不。"
"你先过去，"你说，"这水多丽！"

"我愿意做一尾鱼，一支草，
在风光里长，在风光里睡，
收拾起烦恼，再不用流泪：
现在看！我这锦鲤似的跳！"

一闪光艳，你已纵过了水；
脚点地时那轻，一身的笑，
像柳丝，腰哪在俏丽的摇；
水波里满是鲤鳞的霞绮！

七月九日

难 忘

这日子——从天亮到昏黄，
虽则有时花般的阳光，
从郊外的麦田，
半空中的飞燕，
照亮到我劳倦的眼前，
给我刹那间的舒爽，
我还是不能忘——
不忘旧时的积累，
也不分是恼是愁是悔，
在心头，在思潮的起伏间，
像是迷雾，像是诅咒的凶险：
它们包围，它们缠绕，
它们狞露着牙，它们咬，
它们烈火般的煎熬，
它们伸拓着巨灵的掌，
把所有的忻快拦挡……

一九三〇年春

霹雳的一声笑，
从云空直透到地，
刮它的脸扎它的心，
说："醒吧，老睡着干么？"
……
……

三日，沪宁车上。

北方的冬天是冬天

月夜听琴

是谁家的歌声,
和悲缓的琴音,
星茫下,松影间,
有我独步静听。

音波,颤震的音波,
穿破昏夜的凄清,
幽冥,草尖的鲜露,
动荡了我的灵府。

我听,我听,我听出了
琴情,歌者的深心,
枝头的宿鸟休惊,
我们已心心相印。

休道她的芳心忍,
她为你也曾吞声,
休道她淡漠,冰心里
满蕴着热恋的火星。

记否她临别的神情,
满眼的温柔和酸辛,
你握着她颤动的手——
一把恋爱的神经?

记否你临别的心境,
冰流沦彻你全身,
满腔的抑郁,一海的泪,
可怜不自由的魂灵?

松林中的风声哟!
休扰我同情的倾听;
人海中能有几次
恋潮淹没我的心滨?

那边光明的秋月,
已经脱卸了云衣,
仿佛喜声地笑道:
"恋爱是人类的生机!"

我多情的伴侣哟!
我羡你蜜甜的爱焦,
却不道黄昏和琴音
联就了你我的神父?

草上的露珠儿

草上的露珠儿
　　颗颗是透明的水晶球，
新归来的燕儿
　　在旧巢里呢喃个不休；

诗人哟！可不是春至人间
　　　　还不开放你
　　　　创造的喷泉，
嗤嗤！吐不尽南山北山的璠瑜，
　　　　洒不完东海西海的琼珠，
　　　　融和琴瑟箫笙的音韵，
　　　　饮餐星辰日月的光明！
诗人哟！可不是春在人间
　　　　还不开放你
　　　　创造的喷泉！

这一声霹雳
　　震破了漫天的云雾，
显焕的旭日
　　又升临在黄金的宝座；

柔软的南风
　　吹皱了大海慷慨的面容，
洁白的海鸥
　　上穿云下没波自在优游；

诗人哟！可不是趁航时候，
　　还不准备你
　　　　歌吟的渔舟！
看哟！那白浪里
　　　　金翅的海鲤，
　　　　白嫩的长鲵，
　　　　虾须和蟛脐！
快哟！一头撒网一头放钩，
　　　　收！　收！
你父母妻儿亲戚朋友
　　享定了希世的珍馐。
诗人哟！可不是趁航时候，
　　　　还不准备你
　　　　歌吟的渔舟！

诗人哟！
　　你是时代精神的先觉者哟！
　　你是思想艺术的集成者哟！
　　你是人天之际的创造者哟！

　　你资材是河海风云，
　　　鸟兽花草神鬼蝇蚊，

一言以蔽之：天文地文人文；

你的洪炉是"印曼桀乃欣"[①]，
永生的火焰"烟士披里纯"，
炼制着诗化美化灿烂的鸿钧；

你是高高在上的云雀天鹨，
纵横四海不问今古春秋，
散布着希世的音乐锦绣；

你是精神困穷的慈善翁，
你展览真善美的万丈虹，
你居住在真生命的最高峰！

[①] 印曼桀乃欣，英文 imagination 的音译，意为想象。

夏日田间即景（近沙士顿[①]）

柳条青青，

南风熏熏，

幻成奇峰瑶岛，

一天的黄云白云，

那边麦浪中间，

有农妇笑语殷殷。

笑语殷殷——

问后园豌豆肥否，

问杨梅可有鸟来偷；

好几天不下雨了，

玫瑰花还未曾红透；

梅夫人今天进城去，

且看她有新闻无有。

笑语殷殷——

"我们家的如今好了，

已经照常上工去，

[①] 沙士顿在英国剑桥附近，徐志摩留学剑桥大学时曾住此。

不再整天的无聊,

不再逞酒使气,

回家来有说有笑,

疼他儿女——爱他的妻;

呀!真巧!你看那边,

蓬着头,走来的,笑嘻嘻,

可不是他(哈哈!),满身是泥!"

南风熏熏,

草木青青,

满地和暖的阳光,

满天的白云黄云,

那边麦浪中间,

有农夫农妇,笑语殷殷。

私　语

秋雨在一流清冷的秋水池，
一棵憔悴的秋柳里，
一条怯懦的秋枝上，
一片将黄未黄的秋叶上，
听他亲亲切切喁喁唼唼，
私语三秋的情思情事，情语情节，
临了轻轻将他拂落在秋水秋波的秋晕里，一涡半转。
跟着秋流去。
这秋雨的私语，三秋的情思情事，
情诗情节，也掉落在秋水秋波的秋晕里，一涡半转，
跟着秋流去。

七月二十一日

清风吹断春朝梦

片片鹅绒眼前纷舞,
　疑是梅心蝶骨醉春风;
一阵阵残琴碎箫鼓,
　依稀山风催瀑弄青松;

梦底的幽情,素心,
缥缈的梦魂,梦境,——

都教晓鸟声里的清风,
轻轻吹拂——吹拂我的枕衾,
枕上的温存——,将春梦解成
丝丝缕缕,零落的颜色声音!
这些深灰浅紫,梦魂的认识,
依然粘恋在梦上的边陲,
无如风吹尘起,漫潦梦屐,
纵心愿归去,也难不见涂踪便;

清风!你来自青林幽谷,
款布自然的音乐,
　　轻怀草意和花香,

温慰诗人的幽独，
攀帘问小姑无恙，
知否你晨来呼唤，
唤散一缘绻缱——
梦里深浓的恩缘？
任春朝富的温柔，
问谁偿逍遥自由？
只看一般梦意阑珊，——
诗心，恋魂，理想的彩昙，——
一似狼藉春阴的玫瑰，
一似鹃鸟黎明的幽叹，
韵断香散，仰望天高云远，
梦翅双飞，一逝不复还！

十日前作《春梦》，偶然拈得此题，今日始勉强成咏，诗意过柔且隐，词只掠影之功，音节不纯，尤所深憾；然梦固难显，灵奥亦何能遽达，独恨神游未远，又被岗来阻隔耳！

八月三日

北方的冬天是冬天

北方的冬天是冬天!
满眼黄沙漠漠的地与天;
赤膊的树枝,硬搅着北风光——
一队队敢死的健儿,傲立在战阵前!
不留半片残青,没有一丝粘恋,
只拼着精光的筋骨;凝敛着生命的精液,
耐,耐三冬的霜鞭与雪拳与风剑,
直耐到春阳征服了消杀与枯寂与凶惨,
直耐到春阳打开了生命的牢监,放出一瓣的树头鲜!
直耐到忍耐的奋斗功效见,健儿克敌回家酣笑颜!
北方的冬天是冬天!
满眼黄沙茫茫的地与天;
田里一只困顿的黄牛,
西天边画出几线的悲鸣雁。

一月二十二志摩

春

　　康河右岸皆学院，左岸牧场之背，榆荫密覆，大道纡回，一望葱翠，春尤浓郁，但闻虫声鸟语，校舍寺塔掩映林巅，真胜处也。迩来草长日丽，时有情耦隐卧草中，密话风流。我常往复其间，辄成左作[①]。

河水在夕阳里缓流，
暮霞胶抹树干树头；
蚱蜢飞，蚱蜢戏吻草光光，
我在春草里看看走走。

蚱蜢匍伏在钱花胸前，
钱花羞得不住的摇头，
草里忽伸出只藕嫩的手，
将孟浪的跳虫拦腰紧拶。

金花菜，银花菜，星星澜澜，
点缀着天然温暖的青毡，

[①] 此诗原载1923年5月30日《时事新报·学灯》，文字竖排，小序位于诗句右侧，诗句在左，所以说是"左作"。

青毡上青年的情耦，
情意胶胶，情话啾啾。

我点头微笑，南向前走，
观赏这青透春透的园囿，
树尽交柯，草也骈偶，
到处是缱绻，是绸缪。

雀儿在人前猥盼亵语，
人在草处心欢面赧，
我羡他们的双双对对，
有谁羡我孤独的徘徊？

孤独的徘徊！
我心须何尝不热奋震颤，
答应这青春的呼唤，
燃点着希望灿灿，
春呀！你在我怀抱中也！

醒！醒！

和霭的春光，
充满了鸳鸯的池塘；
快辞别寂寞的梦乡，
来和我摸一会鱼儿，折一枝海棠。

她在那里

她不在这里,
　　她在那里:——

她在白云的光明里:
　　在澹远的新月里;

她在怯露的谷莲里:
　　在莲心的露华里;

她在膜拜的童心里:
　　在天真的烂漫里;

她不在这里,
　　她在自然的至粹里!

花牛歌[①]

花牛在草地里坐，
压扁了一穗剪秋萝。

花牛在草地里眠，
白云霸占了半个天。

花牛在草地里走，
小尾巴甩得的溜溜。

花牛在草地里做梦，
太阳偷渡了西山的青峰。

[①] 此诗与《八月的太阳》似为徐志摩朋友王统照所收藏之草稿，由王统照发表于1937年1月《文学》。

八月的太阳[①]

八月的太阳晒得黄黄的,
谁说这世界不是黄金?
小雀儿在树荫里打盹,
孩子们在草地里打滚。

八月的太阳晒得黄黄的,
谁说这世界不是黄金?
金黄的树林,金黄的草地,
小雀们合奏着欢畅的清音:
金黄的茅舍,金黄的麦屯,
金黄是老农们的笑声。

---

① 参见《花牛歌》注①。题《八月的太阳》系发表时编者代拟。

# 检测与评估

1. 下面徐志摩的诗中第一节的诗句都是名词的连缀，句中没有动词谓语，没有形容词修饰语，更没有表示逻辑关系的虚词，但有一条无形的意脉贯串其中，即前人所谓"意若串珠"。请你用散文的笔调改写诗歌，不少于150字。

（要求：把握意象之间的内在联系，可以适当展开合理的联想和想象，符合原诗的情感内容。）

沪杭车中

匆匆匆！催催催！
一卷烟，一片山，几点云影，
一道水，一条桥，一支橹声，
一林松，一丛竹，红叶纷纷：

艳色的田野，艳色的秋景，
梦境似的分明，模糊，消隐，——
催催催！是车轮还是光阴？
催老了秋容，催老了人生！

2. 阅读下面的文字，完成文后题目。

《中国新文学大系》诗集导言（节选）

朱自清

十五年（1926年）四月一日，北京《晨报·诗镌》出世。这是闻一多、徐志摩、朱湘、饶孟侃、刘梦苇、于赓虞诸氏主办的。

《诗镌》里闻一多氏影响最大。徐志摩氏虽在努力于"体制的输入与试验"，却只顾了自家，没有想到用理论来武装别人。闻氏才是"最有兴味探讨诗的理论和艺术的"；徐氏说他们几个写诗的朋友都受到《死水》作者的影响。《死水》前还有《红烛》，讲究用比喻，又喜欢用别的诗人用不到的中国典故，最为繁丽，真教人有艺术至上之感。《死水》转向幽玄，更为严谨；他作诗有点像李贺的雕镂而出，是靠理智的控制比情感的驱遣多些。但他的诗不失其为情诗。另一面他又是爱国诗人，而且几乎可以说是唯一的爱国诗人。

但作为诗人论，徐氏更为世所知。他没有闻氏那样精密，但也没有他那样冷静。他是跳着溅着不舍昼夜的一道生命水。他尝试的体制最多，也译诗；最讲究用比喻——他让你觉着世上一切都是活泼的，鲜明的。陈西滢氏评他的诗，所谓不是平常的欧化，按说就是这个。又说他的诗音调多近羯鼓铙钹，很少提琴洞箫等抑制缠绵的风趣，那正是他老在跳着溅着的缘故。他的情诗，为爱情而咏爱情；不一定是现实生活的表现，只是想象着自己保举自己作情人，如西方诗家一样。但这完全是新的东西，历史的根基太浅，成就自然不大——一般读者看起来也不容易顺眼。闻氏作情诗，态度也相同；他们都深受英国影响，不但在试验英国诗体，艺术上也大半模仿近代英国诗。梁实秋氏说他们要试验的是用中文来创造外国诗的格律，装进外国式的诗意。这也许不是他们的本心，他们是要创造中国的新诗，但不知不觉写西洋诗了。这种情形直到现在，似乎还免不了。

（据《二十世纪中国学术散文精品》，有删改）

（1）在朱自清看来，闻一多和徐志摩在诗歌创作方面的区别是什么？请结合文本进行简要分析。

（2）下列对两位诗人的比较分析，符合作者观点的两项是（　　）

A. 闻一多、徐志摩都凭借想象写作情诗，都不一定是现实的东西，也缺少一定的根基。

B. 闻一多、徐志摩都有志于创作具有民族特色的新诗，然而都不能摆脱西洋诗歌的影响。

C. 闻一多、徐志摩写诗，在技法上都讲究运用比喻，给人的感觉都是活泼的、鲜明的。

D. 闻一多重视新诗理论的探索，徐志摩重视新诗体制的尝试，在当时都有一定的影响。

E. 闻一多可以说是当时中国唯一的爱国诗人，而徐志摩是一名吟咏爱情的爱情诗人。

3. 朱光潜在《诗论》中曾就中国的自然诗和西方的自然诗在诗的情趣上做过对比：中国的以委婉、微妙、简隽胜，西方的以直率、深刻、铺陈胜。徐志摩深受中西文化熏陶，请结合他的诗歌《北方的冬天是冬天》来谈谈你对朱光潜观点的理解。

北方的冬天是冬天

北方的冬天是冬天！

满眼黄沙漠漠的地与天；

赤膊的树枝，硬搅着北风光——

一队队敢死的健儿，傲立在战阵前！

不留半片残青，没有一丝粘恋，

只拼着精光的筋骨；凝敛着生命的精液，

耐，耐三冬的霜鞭与雪拳与风剑，

直耐到春阳征服了消杀与枯寂与凶惨，

直耐到春阳打开了生命的牢监，放出一瓣的树头鲜！

直耐到忍耐的奋斗功效见，健儿克敌回家酣笑颜！

北方的冬天是冬天！

满眼黄沙茫茫的地与天；

田里一只困顿的黄牛，

西天边画出几线的悲鸣雁。

4. 最近，学校诗社将联合DV社为徐志摩的诗歌《为要寻一个明星》拍摄一个视频作品。如果你是拍摄者，请结合这首诗分析一下镜头语言。要求：（1）用简洁的语言描绘每一个镜头画面。（2）简单解说镜头设计的理由，并分析作品情感基调。

为要寻一个明星

我骑着一匹拐腿的瞎马，

　　向着黑夜里加鞭；——

　　向着黑夜里加鞭，

我跨着一匹拐腿的瞎马！

我冲入这黑绵绵的昏夜，

　　为要寻一颗明星；——

　　为要寻一颗明星，

我冲入这黑茫茫的荒野。

累坏了，累坏了我胯下的牲口，

　　那明星还不出现；——

　　那明星还不出现，

累坏了，累坏了马鞍上的身手。

这回天上透出了水晶似的光明，

　　荒野里倒着一只牲口，

黑夜里躺着一具尸首。——

这回天上透出了水晶似的光明！

《检测与评估》参考答案

1. 那一山轻烟，数点白云，单橹近桥，水面荡起涟漪，松竹苍翠，而秋风乍起，红叶飘零，好一番美丽秋景。可是，车轮催催断人之魂，让人无限感怀。匆匆啊，匆匆，艳丽秋景匆匆而隐，怎么感觉是如梦似幻？时光荏苒，光阴流逝如此匆匆！日子悠悠过去，内心竟可以一无消息，不透一点亮，不见纹丝的动。

2. （1）闻一多和徐志摩在诗歌创作上的不同点主要是：闻一多创作重理智控制，徐志摩创作重感情抒发。闻一多诗歌风格偏向于繁丽严谨，从朱自清对《红烛》《死水》的评论可见；而徐志摩诗歌风格偏向于热情奔放，如"他是跳着溅着不舍昼夜的一道生命水""他的诗音调多近羯鼓铙钹"这两句话。

（2）AD（B项，文中没有论及"民族特色"；C项，第二个"都"不符文意，"活泼、鲜明"只能用于徐志摩的诗；E项，"当时中国"之说不符文意，本文只论及《诗镌》的诗人，而且文中说的是"几乎可以说"。）

3. 徐志摩的这首《北方的冬天是冬天》既具有中国自然诗的柔性美，又有西方自然诗的刚性美。诗的前四行和最后四行相对吟，描绘出冬天的景致：相对静态的赤膊的树，与略带动感的困顿的牛和悲鸣的雁。然而诗的中间六行是全诗的精神所在，他将冬天的霜、雪和风极富诗意地比作鞭、拳和剑，并连用三个"直耐到"，表达出无畏霜鞭、雪拳、风剑，不屈不挠、顽强抗争的精神！

4. （1）诗歌主要由三个镜头画面组成：（全景）黑夜中，一片苍茫的原野辽阔无际；（特写）一个骑手跨着一匹拐腿的瞎马，冲入这黑夜和原野；（特写）他们因极度疲惫而累死在地，一颗初升的明星的光亮照在他们的尸首上。

（2）这是对现实情景的陌生化处理和重组，开始的镜头与现实的情景相差不大，但是后面骑手骑的马不但是拐着腿而且是瞎了眼的，这不免与现实有些距离。这样的陌生化组合，符合诗人个性的创造，它使得超现实的成分大大增强，引起人们深思，那悲壮的求索精神在这样的蒙太奇式的组接中凸现了出来。总体来说，这是一首略带悲凉气氛，但蕴含着热切之情的诗作。

资源与拓展

说到你的诗，朋友，我正要正经的同你再说一些话。你不要不耐烦。这话迟早我们总要说清的。人说盖棺论定，前者早已成了事实，这后者在这四年中，说来叫人难受，我还未曾读到一篇中肯或诚实的论评，虽然对你的赞美和攻讦由你去世后一两周间，就纷纷开始了。但是他们每人手里拿的都不像纯文艺的天平；有的喜欢你的为人，有的疑问你私人的道德；有的单单尊崇你诗中所表现的思想哲学，有的仅喜爱那些软弱的细致的句子，有的每发议论必须牵涉到你的个人生活之合乎规矩方圆，或断言你是轻薄，或引证你是浮奢豪侈！朋友，我知道你从不介意过这些，许多人的浅陋老实或刻薄处你早就领略过一堆，你不止未曾生过气，并且常常表现怜悯同原谅；你的心情永远是那么洁净；头老抬得那么高；胸中老是那么完整的诚挚；臂上老有那么许多不折不挠的勇气。但是现在的情形与以前却稍稍不同，你自己既已不在这里，做你朋友的，眼看着你被误解，曲解，乃至于谩骂，有时真忍不住替你不平。

——林徽因：《纪念志摩去世四周年》

志摩今年在他的《猛虎集》自序里，曾说他的心境是"一个曾经有单纯信仰的流入怀疑的颓废"。这句话是他最好的自述。他的人生观真是一种"单纯信仰"，这里面只有三个大字：一个是爱，一个是自由，一个是美。他梦想这三个理想的条件能够会合在一个人生里,这是他的"单纯信仰"。他的一生的历史,只是他追求这个单纯信仰的实现的历史。

——胡适:《追悼志摩》

|||

诗人究竟是什么东西?这句话急切也答不上来。诗人中最好的榜样:我最爱中国的李太白,外国的Shelley。他们生平的历史就是一首极好的长诗;所以诗人虽然没有创造他们的作品,也还能够成其为诗人。我们至少要承认:诗人是天生的而非人为的(Poet is born not made),所以真的诗人极少极少。广义地说,一个小孩子也是诗人,因为他也有他的想象力,及他的天真烂漫的观察力。我想英国能写诗的人不下三十万,不过在里面只寻找得出二十个真诗人,在各大学中当得起诗人之称的不过一二人。

——徐志摩:《诗人与诗》

|||

我的第一集诗——《志摩的诗》——是我十一年回国后两年内写的;在这集子里初期的汹涌性虽已消减,但大部分还是情感的无关拦的泛滥,什么诗的艺术或技巧都谈不到。这问题一直要到民国十五年我和一多、今甫一群朋友在《晨报副刊》刊行《诗镌》时方才开始讨论到。一多不仅是诗人,他也是最有兴味探讨诗的理论和艺术的一个人。我想这五六年来我们几个写诗的朋友多少都受到《死水》的作者的影响。我的笔本来是最不受羁勒的一匹野马,看到了一多的谨严的作品我方才憬悟到我自己的野性;但我素性的落拓始终不容我追随一多他们在诗的理论方面下过任何细密的功夫。

我的第二集诗——《翡冷翠的一夜》——可以说是我的生活上的又一个极大的波折的留痕。我把诗稿送给一多看,他回信说:"这比《志摩的诗》确乎是进步了——一个绝大的进步。"他的好话我是最愿意听的,但我在诗的"技巧"方面还是那样愣生生的丝毫没有把握。

——徐志摩:《猛虎集》序

我的兴趣与收获

1. 在这本书的阅读与探究过程中,我的兴趣是什么?
2. 在这本书的阅读与探究过程中,我的收获是什么?
3. 在阅读与探究过程中,还发现了什么新问题?
4. 在阅读与探究过程中,有些什么经验?哪些方法还需要改进?